ŒUVRES D'ANDRÉ MALRAUX

Aux Éditions Gallimard

LA CONDITION HUMAINE.

LE TEMPS DU MÉPRIS.

L'ESPOIR.

LES NOYERS DE L'ALTENBURG.

SATURNE. *Essai sur Goya.*

LES VOIX DU SILENCE.

LE MUSÉE IMAGINAIRE DE LA SCULPTURE MONDIALE.
   I. La Statuaire
   II. Des bas-reliefs aux grottes sacrées
   III. Le Monde chrétien.

LA MÉTAMORPHOSE DES DIEUX.
   I. Le Surnaturel
   II. L'Irréel
   III. L'Intemporel.

ŒUVRES ILLUSTRÉES. *En cinq volumes.*

LE TRIANGLE NOIR.

LES CHÊNES QU'ON ABAT.

ORAISONS FUNÈBRES.

LE MIROIR DES LIMBES.
   I. Antimémoires
   II. La Corde et les souris

Suite de la bibliographie en fin de volume

LES CHÊNES
QU'ON ABAT...

ANDRÉ MALRAUX

Les chênes qu'on abat...

Oh ! Quel farouche bruit font dans le crépuscule
Les chênes qu'on abat pour le bûcher d'Hercule !

Victor Hugo

GALLIMARD

PRÉFACE

Les raisons pour lesquelles je publie aujourd'hui ces fragments du second tome des *Antimémoires* seront claires pour quiconque les lira.

D'autre part, corrigeant ces épreuves, je découvre qu'elles forment un livre. La création m'a toujours intéressé plus que la perfection. D'où mon constant désaccord avec André Gide, et mon admiration, dès vingt ans, pour Braque et pour Picasso : ce livre est une interview comme *La Condition humaine* était un reportage... Je découvre aussi, avec surprise, que nous ne connaissons aucun dialogue d'un homme de l'Histoire avec un grand artiste : peintre, écrivain, musicien; nous ne connaissons pas mieux les dialogues de Jules II avec Michel-Ange, que leurs engueulades. Ni ceux d'Alexandre avec les philosophes, d'Auguste avec les poètes, de Timour avec Ibn Khaldoun. Nous sommes stupéfaits que Voltaire n'ait pas rapporté les siens avec Frédéric. Diderot, qui racontait génialement à Sophie Volland ses soirées au château d'Holbach, n'a pas noté ses dialogues avec la Grande Catherine. Napoléon monologue jusqu'à Sainte-Hélène, comprise. S'il reçoit Goethe à merveille, c'est pour une « audience ». Victor Hugo ressuscite pour nous ses conversations avec Louis-Philippe, mais qu'importe Louis-Philippe? Chateaubriand nous rapporte ses conversations à Prague, lorsque Charles X exilé lui pose des questions sans intérêt, et que les enfants de France lui grimpent sur les genoux : « Monsieur de Chateaubriand, racontez-nous le Saint-Sépulcre! » Que n'allait-il à Sainte-Hélène, au lieu d'aller à Prague? Il y eût écrit son plus beau chapitre : « Devant cette masure semblable à la mienne, m'attendait un homme qui portait un chapeau de planteur. A peine reconnus-je Bonaparte. Nous entrâmes, nous nous égarâmes dans le destin du monde; et pendant qu'à mi-voix il parlait d'Austerlitz, les aigles de Sainte-Hélène tournoyaient dans les fenêtres ouvertes sur l'éternité... »

Même lorsque l'homme de l'Histoire a des témoins, il n'a pas d'entretiens (Napoléon avec Rœderer, Saint Louis avec Joinville). Car aucune sténographie ne fixe une conversation, ni même un discours improvisé. Jamais Jaurès n'a laissé publier les siens sans les avoir écrits après coup. La télévision nous montre sans équivoque (ne serait-ce que par notre étrange syntaxe parlée : « Alors, sa sœur, elle dit... ») la différence entre le charabia de la parole, quand elle n'est pas la lecture d'un texte, et l'écriture. Voltaire eût recréé ses conversations avec Frédéric, Thierry d'Argenlieu n'eût pas recréé les siennes avec le général de Gaulle. Pour qu'un entretien pût exister jadis, il eût été nécessaire que le rapporter ne fût pas tenu pour négligeable; qu'il s'agît d'un entretien, non d'une audience; que celui qui le rapportait fût capable de le recréer. Ce qui nous amène à notre siècle.

Mais ne tenons pas des boutades pour des confidences. Il serait passionnant pour nous de connaître une conversation de cette nature avec Napoléon, parce qu'il serait passionnant de savoir ce que disait *librement* Napoléon. Le maréchal Bertrand nous en donne souvent l'idée, mais une fois de plus, Napoléon parle presque seul; et Bertrand n'était pas un écrivain. Ce que dit ici le général de Gaulle le peint; quelquefois, dans un domaine assez secret. Mais ses paroles vont de ce à quoi il a réfléchi (l'exposé du début, comme toujours avec lui; les phrases qu'il avait dites ou écrites auparavant), à ce qu'il improvise pour y réfléchir, enfin à ce qu'il dit pour s'amuser. J'ai tenu à montrer un général de Gaulle qui n'est pas seulement celui de l'Histoire. D'où, les passages sans importance. Il eût été facile de les supprimer; toutefois, la couleur de la rencontre en eût été changée; et l'accent des *Antimémoires*, où cette rencontre se retrouvera, eût été détruit. Je ne me suis pas soucié d'une photographie, j'ai rêvé d'un Greco; mais non d'un Greco dont le modèle serait imaginaire. Ces pages, lorsque je les écrivais, étaient destinées à une publication posthume. Je ne souhaitais pas fixer un dialogue du général de Gaulle avec moi, mais celui d'une volonté qui tint à bout de bras la France, avec la neige sur les vastes forêts sans villages depuis les Grandes Invasions, dont le général s'enveloppait d'un geste las. Tout cela s'achevait par mon départ et la tombée de la nuit, mais le destin s'est chargé de l'épilogue.

Dix minutes après la mort, le médecin

quitte la Boisserie pour aller soigner les filles d'un cheminot. Mme de Gaulle demande à l'un des menuisiers de prendre l'alliance au doigt du général; leur travail à peine terminé, les deux menuisiers sont appelés par Mme Plique, dont le mari, cultivateur, vient de mourir — aussi... Le surlendemain, dans le jour gris des funérailles, je me hâte sous le glas de Colombey auquel répond celui de toutes les églises de France, et, dans mon souvenir, toutes les cloches de la Libération. J'ai vu le tombeau ouvert, les deux énormes couronnes sur le côté : Mao Tsé-toung, Chou En-lai. A Pékin, les drapeaux sont en berne sur la Cité Interdite. A Colombey, dans la petite église sans passé, il y aura la paroisse, la famille, l'Ordre : les funérailles des chevaliers. La radio nous dit qu'à Paris, sur les Champs-Élysées qu'il descendit jadis, une multitude silencieuse commence à monter, pour porter à l'Arc de triomphe les marguerites ruisselantes de pluie que la France n'avait pas appor-

12

tées depuis la mort de Victor Hugo. Ici, dans la foule, derrière les fusiliers marins qui présentent les armes, une paysanne en châle noir, comme celles de nos maquis de Corrèze, hurle : « Pourquoi est-ce qu'on ne me laisse pas passer! Il a dit : tout le monde! Il a dit : tout le monde! » Je pose la main sur l'épaule du marin : « Vous devriez la laisser, ça ferait plaisir au général : elle parle comme la France. » Il pivote sans un mot et sans que ses bras bougent, semble présenter les armes à la France misérable et fidèle — et la femme se hâte en claudiquant vers l'église, devant le grondement du char qui porte le cercueil.

L'homme libre n'est point envieux; il admet volontiers ce qui est grand, et se réjouit que cela puisse exister.

HEGEL.

Colombey, jeudi 11 décembre 1969.

I

La fatigue des derniers temps du pouvoir s'est effacée. Le général de Gaulle retourne d'un geste un des fauteuils de cuir. Sa haute taille, un peu courbée maintenant, domine la petite pièce où flambe un feu de bois. Il s'assied à contre-jour, pour protéger ses yeux, derrière une table à patiences dont le tapis vert supporte les boîtes de cartes. Jamais, aux jours éclatants, je n'ai assisté à un dîner à l'Élysée, dans le salon d'Honneur surdoré comme les palaces du siècle dernier, sans sentir ce dîner partir vers le néant avec ses deux cent cinquante couverts, ses musiciens sous la tapisserie d'après l'*Héliodore* de Raphaël, sa musique de Mozart et son

cortège de fin des Habsbourg... Khrouchtchev, Nehru et Kennedy dans la galerie
des Glaces de Versailles, et Trianon res-
tauré, déjà hanté par le départ...

Je redécouvre, en lui serrant la main,
combien les mains de cet homme encore
si grand sont petites et fines. Les mains
ébouillantées de Mao Tsé-toung, elles
aussi, semblent les mains d'un autre.

Après les paroles de bienvenue, nous
passons dans son cabinet de travail. La
noblesse de la pièce tient-elle à l'accord de
ses proportions avec celles du bureau, ou
aux trois fenêtres derrière lui, à l'impression de vide qu'imposent les livres dans
le mur — œuvres complètes de Bergson,
ami de sa famille, et les miennes, qu'il me
montre d'un clignement — ou au général
devant l'immense paysage noir et blanc
de la neige sur toute la France, un seul
fauteuil en face de lui?

Il m'a dit autrefois, pendant que nous
parcourions le parc : « Voyez, tout ceci
a été peuplé jusqu'au ve siècle; et il n'y a

plus un village jusqu'à l'horizon. » La cellule de saint Bernard, ouverte sur la neige des siècles et la solitude.

— Cette fois, dit-il, c'est peut-être fini.

Je me souviens du petit salon de l'hôtel Lapérouse, en 1958, dans la décomposition générale : « Il faut savoir si les Français veulent refaire la France, ou se coucher. Je ne la ferai pas sans eux. Mais nous allons rétablir les institutions, rassembler autour de nous ce qui s'est appelé l'Empire, et rendre à la France sa noblesse et son rang. » Il parlait avec une énergie invulnérable, alors qu'il parle aujourd'hui avec le ton dont il a dit de l'Italie, en 1941 : « Ne restera-t-il d'elle, comme l'a dit Byron, que la triste mère d'un Empire mort ? »

Il me regarde pesamment :

— Quand je suis parti, l'âge a peut-être joué son rôle. C'est possible. Mais vous comprenez, j'avais un contrat avec la France. Ça pouvait aller bien ou mal, elle était avec moi. Elle l'a été pendant toute la Résistance : on l'a bien vu quand je suis arrivé à Paris. Il y avait l'énorme vague qui me soutenait. Sur laquelle je dirigeais mon bateau. A Londres, j'avais vu arriver des politiciens, des intellectuels, des militaires, des Canaques. Et puis les pauvres types, les marins de l'île de Sein : la France. Quand les Français croient à la France, oh, alors! Mais quand ils cessent d'y croire... Vous connaissez la phrase du pape : les Français n'aiment pas la France. Enfin!

« Le contrat a été rompu. Alors, ce n'est plus la peine. Ce contrat était capital, parce qu'il n'avait pas de forme; il n'en a jamais eu. C'est sans droit héréditaire, sans référendum, sans rien, que j'ai été conduit à prendre en charge la défense de la France et son destin. J'ai répondu à son appel impératif et muet. Je l'ai dit, écrit, proclamé. Maintenant, quoi? »

Il est seul, puissamment courbé, devant la neige qui couvre l'étendue déserte : « J'ai eu un contrat avec la France... »

Pourquoi dit-il : la France, et non les Français? Pourtant, il continue :

— Les Français n'ont plus d'ambition nationale. Ils ne veulent plus rien faire pour la France. Je les ai amusés avec des drapeaux, je leur ai fait prendre patience en attendant quoi, sinon la France?

Il avait vingt-quatre ans lors de la déclaration de guerre, et je me suis toujours demandé si ce qu'il appelle ambition nationale ne se confond pas avec la volonté de revanche de son adolescence... Mais il ajoute :

— Même les Anglais n'ont plus d'ambition nationale.

On a souvent essayé de le peindre par la psychologie, qui, dans son cas, me semble vaine. Il est perspicace, et même, quelquefois, médium : « Un jour, on s'accrochera à mes basques pour sauver la patrie. » Mais son intelligence tient au *niveau* de sa réflexion (ce que Chateaubriand appelait l'intelligence de la grandeur d'âme) plus qu'à cette réflexion même ou à la pénétration, bien qu'elles ne lui manquent pas; et tient aussi à une obsession. Je suppose qu'il y a eu, chez les grands chrétiens du Moyen Age, saint Bernard par exemple, des intelligences de vocation. Il est hanté par la France comme Lénine l'a été par le prolétariat, comme l'est Mao par la Chine, comme le fut peut-être Nehru par l'Inde. S'expliquera-t-il un jour? Ce n'est pas lui qui a dit, le premier : la France est une personne; c'est Michelet. Mais lorsque Michelet attaquait les derniers Bourbons, lorsqu'il outrageait Napoléon, il ne la mettait pas en cause. Le général de Gaulle l'a toujours mise en cause. Elle a existé pour lui comme l'Église pour ceux qui la défendaient — ou l'attaquaient. La première phrase de ses *Mémoires de guerre* lui est consacrée, et je crois que la France a toujours été moins simple dans son cœur, que la princesse de légende dont il parle. C'est elle qu'il a épousée, avant Yvonne Vendroux. Si haut que soit son drame, il est parent de celui des chefs communistes qui se sont séparés du Parti. Et le général de Gaulle est à mille lieues de penser que la France l'a trahi pour ses successeurs : elle l'a trompé avec le destin — et peut-être avec les Français.

— Mais, dis-je, dans toutes les choses capitales que vous avez faites, quand n'avez-vous pas été minoritaire?

Ne l'a-t-il pas été chaque fois qu'il a pris la charge de la France? Ne l'était-il pas le 18 Juin, et maintes fois avec Churchill, et à coup sûr avec l'*Amgot* et les troupes d'Eisenhower, et entre les parachutistes de 1958 et les défileurs de la Bastille à la Nation? Il acceptait tout cela allègrement; en comparaison, que signifiait un référendum sur les régions et le sénat? Peut-être que les Français étaient idiots à ce moment, mais qu'a-t-il fait toute sa vie, sinon les contraindre à finir par reconnaître la France?

Il dit :

— J'étais minoritaire, j'en conviens; je

savais que tôt ou tard, je ne le serais plus.

Il y a longtemps que je me demande ce que les Français sont pour lui. Quelque chose de variable, sans doute, comme presque tout ce qui est profond. Les « braves types de l'île de Sein »? Ils étaient, à ses yeux, les délégués de la France (ils arrivaient à Londres, d'ailleurs, avec les Canaques). Les femmes qui jugeaient naturel de donner asile à nos postes émetteurs dans leurs chambres de couturières ou de dactylos, en sachant qu'elles risquaient Ravensbrück? La foule des villages après le débarquement, celle de Bayeux, des Champs-Élysées? Celle qu'il a rencontrée partout, lors de ses voyages présidentiels? Son lien avec tant de siècles? Il appelle Français ceux qui veulent que la France ne meure pas.

Je pense aux servantes de Baulieu qui écoutaient à la radio la déclaration de guerre, à mes compagnons de char — Bonneau le souteneur avec son pinson blessé;

Pradé et son fiston, le pompier Léonard aimé des stars; à ceux du maquis, aux femmes en châles noirs chacune devant sa tombe, lorsqu'on enterrait nos morts de Corrèze; à la patronne de l'hôtel de Gramat, à la supérieure du couvent de Villefranche; aux prisonniers de Saint-Michel de Toulouse, qui répondaient d'un ton professoral : « Touristes! » au type de la Gestapo qui entrait dans notre cellule en gueulant : « Terroristes! »; aux gosses de Ramonchamp et de Dannemarie, venus la nuit, conduits par l'institutrice, planter leurs petits drapeaux sur nos premiers morts, ou les déposer sur nos morts sans tombes.

— Avez-vous jugé le contrat rompu en Mai, ou plus tôt, lors de votre réélection?

— Bien avant. C'est pour ça que j'ai pris Pompidou.

Que veut-il dire? Au temps du conflit parlementaire? Au retour d'Afghanistan? (Alors, il devrait dire : conservé.) Il ne fait pas allusion au temps où il a appelé

Pompidou, car ce serait évidemment faux.
Il continue :

— En Mai, tout m'échappait. Je n'avais plus de prise sur mon propre gouvernement. Bien sûr, ça a changé quand j'ai pu faire appel au pays, quand j'ai dit : " Je dissous la Chambre. "

« Mais pas pour longtemps!

« La participation, vous savez, j'y voyais un moyen de réveiller le pays, de lui faire prendre conscience de son existence, enfin, de le secouer! Mais il avait déjà choisi. Et l'action ne vaut qu'en fonction de contingences qui ne se retrouvent jamais. »

— Je n'ai guère cru à l'association capital-travail, donc à la participation...

— Vous les avez beaucoup défendus.

— Pour la raison que je vous ai dite, mon général : je crois à ce que Saint-Just appelait " la force des choses ". Dès que vous seriez réellement entré en conflit avec le capitalisme, les conséquences de ce conflit eussent été imprévisibles. C'est

un peu comme l'appel du 18 Juin, la Paix
des Braves ou la Communauté. Quant au
marxisme, j'ai passé mon temps à dire
à mes amis, les gaullistes de gauche :
mettez-vous bien dans la tête que le mot
rassemblement, pour le général, est le
symbole de son espoir. Je ne l'ai jamais
vu si content que lorsque j'ai répondu, à
je ne sais quel idiot qui hurlait que nous
étions le capitalisme : " Vous êtes allé
au Vél'd'Hiv? Oui? Ce n'est pas le capitalisme, c'est le métro! " Le général n'est
évidemment pas un défenseur du capitalisme, mais pas davantage du prolétariat.
Il n'a pas accepté les nationalisations pour
faire plaisir aux communistes : les nationalisations, à ses yeux, étaient un moyen
de résurrection de la France. Il s'accorde
au marxisme sur la propriété collective
(il dirait nationale) des moyens de production, pas sur l'exaltation de la lutte
des classes. Non?

— Oui.

— Le problème social, certes, n'avait

pas disparu, mais il était devenu subordonné — parce qu'il l'était devenu dans le monde entier.

— La justice sociale se fonde sur l'espoir, sur l'exaltation d'un pays, non sur les pantoufles.

« La participation, c'était un symbole, vous voyez ce que je veux dire... Le niveau de vie est devenu la boîte à chagrins de tous les pays. La moitié de la politique mondiale est orientée par lui. Pourtant, il ne s'agit pas seulement de lui. Notre ancienne société agricole a été transformée par l'accès des paysans à la propriété; notre société industrielle sera transformée aussi. La participation était, un peu à tâtons, le chemin de cette transformation. Et vous savez bien que la France, en votant contre moi, n'a pas écarté les régions, le sénat, et ainsi de suite : elle a écarté ce que symbolisait la participation. J'ai dit ce que j'avais à dire. Mais le jeu était joué. »

J'ai entendu son discours à l'armée

d'Algérie : « Quant à vous, écoutez-moi bien : vous n'êtes pas l'armée pour l'armée, vous êtes l'armée de la France! » Et le discours sur la destruction de ce qu'on avait appelé l'Empire; et celui de Strasbourg, dans le vent glacé, à une foule d'officiers hostiles : « Si vous ne me suivez pas, vous ne pouvez devenir que des soldats perdus! » Il m'avait dit, quelques jours plus tôt : « Le caractère, c'est d'abord de négliger d'être outragé ou abandonné par les siens. Les gens croient que je ne sais pas ce que veut dire : perdre la fraternité. Croient-ils que je n'aie pas assez connu le goût de poison du mépris? Ils ont beaucoup à apprendre. Mais il faut accepter de tout perdre. Sinon, quoi? Le risque non plus, ne se divise pas. »

Il parle aujourd'hui avec la même fermeté, mais il se veut hors du jeu.

— Pourquoi êtes-vous parti sur une question aussi secondaire que celle des régions? A cause de l'absurdité?

Il me regarde de nouveau fixement :

— *A cause de l'absurdité.*

A quel point il est le passé de la France, un visage sans âge, comme, derrière lui, la forêt couverte de neige qu'il a maintenant épousée!

Il n'y a pas de Charles dans ses *Mémoires*, mais pas davantage dans un dialogue avec lui. Il exprimait un destin, et l'exprime lorsqu'il proclame son divorce avec le destin. L'intimité avec lui, ce n'est pas de parler de lui, sujet tabou, mais de la France (d'une certaine façon), ou de la mort.

— Vous avez bien fait, reprend-il, de ne pas partir le lendemain de mon départ. On savait que vous partiriez.

— La Constitution impliquait que votre successeur n'était pas le président du sénat, mais le gouvernement — donc le vôtre. Et avant les élections, il pouvait se passer bien des choses. Ç'a été très irréel, d'ailleurs...

L'irréalité avait commencé plus tôt. Je

revois le dernier Conseil sous la présidence du général : projets de décrets sans importance, admission à la retraite d'un préfet, communications. Le ministre des Affaires étrangères s'était tu avant midi. Le général s'était levé :

« — Eh bien, Messieurs, nous avons terminé... Alors, à mercredi prochain. A moins que... Eh bien, dans ce cas-là, une page de l'histoire de France sera définitivement tournée... »

Elle est tournée.

— A la première séance de la Chambre après votre départ, pendant deux ou trois minutes, je me suis trouvé seul au banc des ministres avec Couve, et Chaban à la présidence, dans le jour blafard que vous connaissez : aucun député n'osait entrer le premier...

Ici aussi la lumière est irréelle, à cause de sa réverbération par la neige. Je connais bien cette lumière blanche, car elle change les couleurs des tableaux; mais il n'y a pas de tableaux ici. Sur la table, sont alignés quelques feuillets de manuscrits, ses *Mémoires* sans doute, couverts de son écriture ascendante.

— Vous écrivez la suite de vos *Mémoires*, et un livre idéologique?

— J'écris mes *Mémoires*, de 1958 à 1962. Ensuite, il y aura deux autres tomes.

— Pas de traversée du désert?

— Non. On vous a parlé d'idéologie parce que je n'écris pas un récit chronologique. Comme dans les *Mémoires de guerre*, il s'agit d'une chose simple, vous savez : dire ce que j'ai fait, et pourquoi.

Je pense de nouveau à l'hôtel Lapérouse en 1958. Il continue :

— Comme il est étrange que l'on doive se battre à ce point, pour arracher de soi ce que l'on veut écrire! Alors qu'il est presque facile de tirer de soi ce que l'on veut dire, quand on parle. Colette disait : " C'est difficile, la langue française! Les adjectifs! " Elle se trompait, malgré son talent : la langue française, ce sont les verbes. Et puis, se délivrer des manies d'écriture...

Il fait allusion au rythme ternaire, qui l'obsède et l'irrite. Jusqu'ici, il ne s'en est nullement délivré.

— On me dit que vous envisagez de publier tout ce que vous avez *dit* depuis le 18 Juin : discours et conférences de presse?

— Sauf les machins aux maires, au bord de la route. Mais il est bon de donner les choses à leur date.

— L'effet d'ensemble peut être singulier, parce que vos textes de Londres ne sont pas des discours, ce sont des monologues destinés à des foules invisibles... Le jour où la radio nous a donné la masse de " messages personnels " qui annonçaient de toute évidence le débarquement, je pensais à la scène du *Soulier de satin :* " ... Vous tous qui m'écoutez dans l'obscurité... "

« Ce qui donne leur accent à vos allocutions, c'est ce qui les sépare des discours. (D'ailleurs, la conférence de presse, aussi, a été un nouveau moyen d'expression.) L'écrivain non plus ne connaît pas ses lecteurs. Et dans une certaine mesure, comme vous, il les suscite... La différence me semble en ce que tout grand écrivain est lié à ceux qui le précèdent, alors que vos allocutions n'avaient pas de précédent. Sauf un. Vous connaissez Vézelay : comment les chevaliers, en bas, auraient-ils entendu saint Bernard, qui parlait évidemment sans micro? Cependant, ils sont partis pour la Croisade.

« D'ailleurs, il y aura des surprises; je ne me souviens pas d'avoir retrouvé, dans les *Mémoires de guerre :* " Il est normal, et absolument justifié, que les Allemands en France soient tués par les Français : ils n'ont qu'à rester chez eux. "

— Oui. Quand j'en aurai fini avec les institutions, il y aura aussi, quoi! ce que j'ai à dire. Si j'écris, on s'attend tout de même à savoir ce que je pense, ce que j'ai pensé! Et je vais le dire. Je vais dire aussi ce qui s'est passé.

Je crois que les hommes font les institutions plus que les institutions ne font les hommes; mais je sais que ce livre, héritier des *Mémoires de guerre*, sera une simplification romaine des événements — la simplification par laquelle, en littérature comme en architecture, Rome impose avec tant de force sa domination — et l'oubli de ce qu'il a toujours mis plusieurs fers au feu (pas n'importe lesquels) pour tirer du feu, le jour venu, la seule arme efficace. Il n'est pas latin, il est romain, ce qui signifie presque le contraire. Il opposera dédaigneusement, ou même avec indifférence, ses colonnades de destin aux cancans où des gens informés révéleront que tout le monde a tout fait — sauf lui.

— J'aime *Les Trois Mousquetaires*, dit-il : c'est aussi bien que votre ami *Le Chat botté*. Mais leur succès vient de ce que la guerre avec l'Angleterre n'y doit

37

rien à la politique de Richelieu, et doit tout aux ferrets d'Anne d'Autriche, récupérés par d'Artagnan. Les gens veulent que l'histoire leur ressemble, ou au moins, qu'elle ressemble à leurs rêves. Heureusement, ils ont quelquefois de grands rêves.

— Il existe, dis-je, un domaine de la littérature que la critique n'a pas isolé, parce qu'elle le confond avec les Mémoires : ce sont les livres qui racontent ce que leur auteur *a fait*. Pas : a ressenti. Car les Mémoires sont souvent des résurrections de sentiments. Le récit de l'exécution d'un grand dessein pose d'autres problèmes. Si la *Guerre des Gaules* n'était pas de César, le livre n'en serait ni meilleur ni moins bon; mais il ne serait pas de même nature. Si le *Mémorial* était fait des souvenirs de Las Cases, si Napoléon n'y parlait pas, ce serait un autre livre. On vous a parfois attaqué, et plus souvent admiré. A mon avis, par un malentendu. Les *Mémoires de guerre* n'ont rien à voir avec les *Mémoires d'outre-tombe*, et il en sera ainsi de ce que vous êtes en train d'écrire. Les moyens ne sont pas orientés par le même but.

A mes yeux, ses *Mémoires*, que le récit soit celui du maintien de la France dans l'abandon de 1940 ou dans l'espoir de 1958, sont une tragédie à deux protagonistes : les Français et lui. Dans la guerre et dans la paix, la France est l'enjeu. A plusieurs reprises, il l'a faite contre la majorité des Français. Il en éprouve une amère et secrète fierté. Espère-t-il que la postérité comprendra, est-il maintenant au-delà de cet espoir et des autres? Je pense à une sorte d'Œdipe dont un Sophocle nous dirait comment il a voulu faire Thèbes contre les Thébains. A Cronstadt, Lénine et Trotski ont rencontré le même drame, furieusement résolu : des prolétaires contre le prolétariat. Il possède une rare fermeté, mais enfin il est un homme, et non un personnage de théâtre. Il m'a dit un soir : « S'il ne s'agissait que de liquider, quel besoin avait-on de moi? Pour fermer un grand livre d'histoire, la IVe suffisait. » Dans les *Mémoires de guerre*, une méfiante pudeur le sépare de l'essentiel, à quoi il ne se méprend pourtant pas. Quelques jours après son retour, pendant le drame d'Alger, il m'a dit : « Vous connaissez le colonel Lacheroy, n'est-ce pas? Je ne l'ai jamais vu. Envoyez-le-moi. » Le colonel était alors l'un des principaux chefs du Service psychologique, et une sorte de ministre de l'Information local, avec conférences de presse à l'accent de Bourgogne. Il arrive à Matignon. Le général l'écoute. « Bien. Alors maintenant, Lacheroy, mettez-vous solidement une chose dans la tête : on ne défend pas la France contre de Gaulle. » *Exit* Lacheroy. «Quand j'ai parlé à Alger, m'a dit alors le général, chacun a compris que, cette fois, c'était la France qui parlait. »

Il reprend, après un silence :

— Ce que nous avons voulu — entre vous et moi, pourquoi ne pas lui donner son vrai nom : la grandeur — c'est fini. Oh! la France peut encore étonner le monde; mais plus tard. Elle va tout négocier. Avec les Américains et même les Russes, avec les Allemands et les communistes. C'est commencé. Ça peut durer, sans grande signification. A moins d'un événement. La France n'en attend pas. Les autres non plus. Je ne crois aucunement que ça dure. Vous verrez. Les parlementaires peuvent paralyser l'action, ils ne peuvent pas la déterminer. La France s'était relevée contre le parlementarisme : elle va s'y ruer, et il la défendra aussi intelligemment que lorsque je tentais de faire accepter les blindés!

— Mais il n'y a plus Hitler.

— Le pays a choisi le cancer. Qu'y pouvais-je?

Il n'a jamais accepté de confondre le pays et les politiciens, mais il vient de dire le pays, et non les politiciens.

La grandeur, c'est fini... Il a rétabli la France à partir d'une Foi, et la foi n'a pas qu'un sens religieux. Comment saint Martin, hongrois, a-t-il évangélisé nos provinces de Loire? Comment les évangélisateurs irlandais ont-ils évangélisé l'Allemagne? Toute foi qui implique une vocation, au service du Christ ou de la France, est puissamment contagieuse. Il ne suffisait pas de sa foi en la France pour qu'il fût le général de Gaulle, mais sans elle, il n'eût été qu'un vainqueur intrus parmi les vrais, ou un vaincu plus ou moins héroïque. Napoléon vaincu croule sous ses victoires passées, mais il est obsédé par lui-même, non par la France. Une fois de plus, je retrouve dans le général ce que j'ai appelé le chef d'ordre religieux. Si la France l'abandonne, il parcourt sa solitude mérovingienne au-dessus de Clairvaux, il n'envisage pas d'aller servir le Grand Turc. Pourtant, sa relation avec la France est loin d'être simple. Sa réponse aux journalistes, jadis : « Mais moi, j'étais la France! » est au passé. Celle à Churchill : « Si je ne suis pas la France,

qu'est-ce que je fais dans votre bureau? »
est au conditionnel (apparent). Personne,
après l'appel célèbre, n'a cru qu'il *était* la
France, et d'abord pas lui. Il a décidé de
l'être. Lorsqu'il a dit aux Français écra-
sés, au monde stupéfait : « La France
existe! », qui, sinon lui, eût osé le dire?
Les politiciens de la IIIe République n'y
croyaient plus. Le maréchal Pétain était
alors un émouvant protecteur des ruines,
mais sa protection, loin de signifier que
la France existât, signifiait que la France
avait cessé d'exister. Le général sait (ce
n'est pas assez dire : il ressent avec vio-
lence) que l'agonie de la France n'est
pas née de l'affaiblissement des raisons
de croire en elle : défaite, démographie,
industrie secondaire, etc., mais de *l'impuissance à croire* en quoi que ce soit. Il
m'a dit autrefois : « Même si le communisme permet aux Russes de croire à la
Russie pour des raisons à dormir debout,
il est irremplaçable. »

Nehru m'a demandé, avec plus de lassitude : « N'est-il pas à la fois nécessaire que nous ayons les pieds sur la terre, et que nos têtes ne restent pas au niveau du sol?... » Le mot grandeur, que le général a si souvent employé, et que les autres ont si souvent repris pour ou contre lui, a fini par signifier à la fois le faste, et une expression théâtrale de l'histoire. Or, ce cabinet de travail, dont la grandeur vient de l'immensité déserte, n'est pas Versailles, et l'idée de grandeur du général est inséparable de l'austérité, l'était même aux réceptions de l'Élysée; inséparable de l'indépendance, et d'un âpre refus du théâtre. Le shah m'a confié : « Quand je l'ai rencontré pour la première fois à Téhéran, j'étais un jeune homme. Je lui ai demandé conseil. Il m'a répondu : " Monseigneur, on vous suggérera bien des habiletés. Ne les acceptez jamais. Je n'ai qu'une suggestion à vous faire, mais elle compte : mettez toute votre énergie à rester indépendant. " » On a beaucoup cité : « Être grand, c'est épouser une grande querelle », parce qu'il a donné cette phrase de Shakespeare pour épigraphe au *Fil de l'épée*. Il m'a dit : « La grandeur est un chemin vers quelque chose qu'on ne connaît pas. »

Et combien de fois a-t-il répété : « Quand tout va mal et que vous cherchez votre décision, regardez vers les sommets; il n'y a pas d'encombrements. » Au contraire de ce que supposent ses amis et surtout ses ennemis, la grandeur n'est point un domaine qu'il croit posséder, mais un domaine qu'il sert, en sachant que ce domaine le sert. Ainsi saint Bernard était-il au service du Christ — dont il attendait beaucoup... Pour le général, la grandeur était d'abord une solitude, mais c'était une solitude où il n'était pas seul.

— Qu'irais-je faire avenue de Breteuil? dit-il. Peut-être était-ce avec le malheur, et non avec tout ce joli monde, que j'avais partie liée.

— Et la Libération, et dix ans de résurrection de la France.

— Ce qui se passe, ce n'est même pas le malheur. Et je ne pourrai pas, pour la troisième fois, rattraper la France par les cheveux au dernier moment.

— Croyez-vous qu'à Colombey, vous ne soyez pas la statue du Commandeur?

— Enfin, vous voyez ce que je veux dire... Je ne sortirai de mon silence que si l'on met le pays en question. On doit savoir — et je compte sur vous — que je suis étranger à ce qui se passe. Ça ne me concerne aucunement. Ce n'est pas ce que j'ai voulu. C'est autre chose. J'entends ne m'en prendre à personne : s'en prendre à quelqu'un est toujours une faiblesse. Mais la page est tournée. Une fois de plus, on va se mettre à suivre sur la carte les étapes victorieuses des autres, et à en discuter magistralement!

L'absence d'un grand dessein, qu'il reproche à ses successeurs, il la reproche aussi au monde.

— Le président Nixon a encore été applaudi, reprend-il, parce que l'Asie croit encore la paix possible. Mais il n'en a pas fini avec cette boîte à chagrins. Tout grand dessein est un dessein à long terme. Je ne crois pas que les États-Unis, malgré leur puissance, aient une politique à long terme. Leur désir, qu'ils satisferont un jour, c'est d'abandonner l'Europe. Vous verrez. La Russie, elle, veut gagner du temps. Et la France n'a plus de desseins du tout. Mais je n'écris pas pour ceux qui vont me lire; c'est bien trop tôt. Et quand je serai mort, vous verrez d'abord reparaître les partis, et leur régime de malheur, mais ils finiront par s'embrasser.

— Quand Foster Dulles est venu, vous m'avez dit : « Il n'y aura pas d'Occident. » Il n'est évidemment pas nécessaire que l'Europe soit l'Occident, mais si elle doit se créer contre l'Occident, bonne chance!

— Quand les Français ont-ils compris ce que voulait Foster Dulles? Ils ont été avec moi. Ils ne le sont plus. Oh! ils ne sont aucunement avec les autres...

Les autres... Quand Trotski parlait de

Staline, il l'appelait l'Autre. Trotski et moi causions seuls à Royan, dans sa petite maison qui bourdonnait de disciples; son bureau était encombré de journaux. Ici, la solitude ne vient pas seulement de ce que nous sommes seuls. Je crois comprendre la lassitude que le général exprime avec un calme contagieux; j'en comprends moins bien l'origine. Je me souviens du Conseil des ministres qui suivit les accords d'Évian. Les négociateurs venaient de terminer leur exposé. Le général, qui avait l'habitude de donner la parole en commençant par les jeunes secrétaires d'État, passa de droite à gauche, ce qui me fit parler le premier, pas par hasard. Je dis que le dédommagement des Français d'Algérie coûterait moins qu'une guerre sans fin, mais qu'il s'agissait d'abord de savoir si ce que signifiait la France pour le monde était conciliable avec cette guerre.

Michel Debré défendit passionnément son point de vue, que Jacques Soustelle avait défendu amèrement. C'était déjà au premier étage de l'Élysée, il n'y avait plus de roseraie : il y avait le destin, et depuis combien de temps n'y avait-il pas eu de destin de la France? Cette fois, il ne s'agissait pas de la descente des Champs-Élysées, mais d'un jeu capital qui se jouerait sous la table. Nous parlions, nous parlions, devant le général *immobile*, séparés par ces rideaux verts, du passage négligent des nuages qu'ils encadraient. Après l'exposé de toutes les opinions — il y fallut deux heures — le général dit : « Le destin de la France ne coïncide pas nécessairement avec les intérêts des Français d'Algérie. » Donc, la guerre d'Algérie était finie, — et les attentats de l'O.A.S. allaient commencer.

Louis Martin-Chauffier m'a affirmé que le général lui avait dit, en 58 : « Nous quitterons l'Algérie. » A moi, il a dit seulement : « L'Algérie restera française comme la France est restée romaine. Mais soyez prudent! » Comme lui, je croyais alors à la Paix des Braves. Il voulait à tout prix l'accord — et tenait pour certain qu'il l'obtiendrait. Erreur. Mais je savais que des fers qui rougeoyaient dans le feu, il attendait de tirer le fer de la France. Je l'ai entendu dire, au temps des négociations de Melun : « Ça ne plaît pas à Michel Debré? Et à moi, croyez-vous que ça me plaise? »

Alors, pourquoi a-t-il pensé qu'il se trouvait, lors de ce référendum épisodique, en face d'un conflit irrémédiable? Le projet de la transformation des Halles venait de lui montrer les limites de son pouvoir en face de celui des collectivités locales, mais il était prêt à un combat de plus. Pourtant, tout cela était si secondaire!

Comme si nos pensées silencieuses se répondaient, il me demande :

— Vous savez que les rats des Halles sont déjà à Rungis?

J'ai été, comme lui, intrigué par ces rats qui émigraient à Rungis comme si le génie des rats leur avait révélé l'émigration des Halles. Est-ce leur départ, qui me rappelle la dernière cérémonie du gouvernement intérimaire, à l'Arc de triomphe? Les tambours battant aux morts firent jaillir de *La Marseillaise* de Rude, un dernier tournoiement de pigeons qui s'éparpilla dans le vent...

— Vous lisez la presse, mon général?

— Oh, les titres!... Je vous l'ai dit : je n'ai rien à voir avec ce qui se passe.

— Même dans le monde? Autrefois, j'ai essayé de comprendre l'enthousiasme qui vous entourait au loin. Le Canada, la Roumanie, bien! l'Amérique latine, à la rigueur. Mais Chiraz? Ces gens n'auraient pas situé la France sur une carte... Et aucune propagande ne jouait, pas même la propagande passionnelle qui a joué un si grand rôle dans le voyage de Khrouchtchev, par exemple.

« Je voudrais savoir ce que vous avez signifié pour eux. Certains criaient " Shah in Shah " et d'autres, m'a dit l'ambassadeur, l'équivalent de " Vive Roustem ", ce qui serait un peu chez nous " Vive

Roland! ''. Donc, vous étiez la réincarnation d'un de leurs propres héros. Mais je voudrais savoir ce que cela voulait dire : *qui* était le général de Gaulle, pour ces gens qui l'acclamaient.

— Et c'eût été la même chose en Indonésie... En Amérique latine, c'est différent. Pourquoi les Espagnols ne m'aimeraient-ils pas? Ils aiment bien don Quichotte! Mais le monde aussi a remis ses pantoufles. Les souris dansent. Vous savez, même en France dans les meilleurs jours, il est toujours étrange que les gens vous aiment. Enfin, je m'entends.

— Votre prédécesseur, en France sinon en Iran, ce n'est aucun politique, pas même Clemenceau : c'est Victor Hugo.

— Au fond, vous savez, mon seul rival international, c'est Tintin! Nous sommes les petits qui ne se laissent pas avoir par les grands. On ne s'en aperçoit pas, à cause de ma taille.

Son demi-rire se prolonge dans un mouvement las des épaules. Einstein m'a dit autrefois, au sujet de Gandhi : « L'exemple d'une vie moralement supérieure est invincible. » Je suis loin d'en être assuré. Et la vie du général de Gaulle, certainement haute, n'est pas moralement supérieure, en ce sens. Qu'est-ce qui fait de lui un personnage légendaire? Il n'est pas un grand capitaine, il n'est pas un saint. Il n'est pas le vainqueur d'une guerre, au sens où le fut Clemenceau. Un grand politique? Mais Richelieu, Bismarck ne sont pas légendaires; les géants politiques ne le sont jamais. Je lui ai dit que sa France n'était pas rationnelle, mais il ne l'est pas non plus. Certes, il y a dans son prestige, maints éléments rationnels : il a été le libérateur, le solitaire vainqueur, l'intraitable, la résurrection de l'énergie nationale et par conséquent de l'espoir, même en 1958; le seul homme que l'on ait pu opposer au désastre, non parce qu'il ferait une « union nationale » à la manière de Poincaré ou de Doumergue, mais parce qu'il portait la France en lui;

un peu, le prophète... Bien entendu, il y a aussi le talent : lorsqu'il parle aux assemblées de Grande-Bretagne ou des États-Unis, il parle comme la France. Les présidents de la IVe République n'auraient pas nécessairement mal parlé; mais on ne les eût pas écoutés.

Son dialogue avec les politiciens a toujours été un dialogue de sourds. Les royalistes, qui s'opposaient, dans leurs écrits, à Danton puis à Saint-Just, n'étaient pas tous des niais, et l'idéologie de certains d'entre eux était moins chimérique que celle de Saint-Just. Mais il ne se définissait pas par son idéologie : il se définissait par la guillotine de Strasbourg, et par Fleurus. Lorsque tel politicien proclame ce que le général « aurait dû faire », il n'a pas nécessairement tort; mais ça n'a aucune importance. Comme d'ailleurs l'idéologie gaulliste. Ce que nous avons si souvent entendu appeler inconditionnel (car la soumission à Staline et à ses tribunaux, n'est-ce pas, était tout à fait conditionnelle!), c'était l'irrationnel. Il existe une éloquence des actes, qui n'est point celle de la parole, bien qu'elle la suscite souvent; l'appel du 18 Juin lui appartient. Et même une mystérieuse action sur le monde, étrangère à la politique. Qui connaît le nom des adversaires du général, au Mexique ou à Chiraz? Que pourraient-ils y signifier, puisque leur signification ne serait pas de même nature — puisque, pour les gens du Mexique ou de Chiraz, elle ne signifierait *rien?*

Ce que signifiait le général de Gaulle pour les Français qui le suivaient était clair? Soit; un des hommes sans lesquels la France serait différente de ce qu'elle est. Mais pour tous les autres? Pour le Tiers Monde, il a incarné l'indépendance, et pas seulement la nôtre; il a rétabli la France qu'avaient aimée jadis tant de nations, et non une France *Über alles;* il a été le défenseur de l'Afrique, et, à la fin, du Viêt-nam. Il a rendu à la France une force liée à lui, et d'abord à notre faiblesse : on l'a écouté, contre les colosses, parce qu'il ne pouvait menacer personne. Mais rien de tout cela, ni même tout cela, n'explique l'enthousiasme de l'Iran, la considération de Mao — ni l'instituteur mexicain qui dit à Joxe, venu visiter son petit musée : « Adieu, serviteur d'un héros... » L'instituteur n'appelle pas héros le général de Gaulle, parce qu'il approuve sa politique. Le personnage qu'il appelle héros appartient à l'imaginaire. Son action ne vient pas des résultats qu'il atteint, mais des rêves qu'il incarne et qui lui préexistent. Le héros de l'Histoire est le frère du héros de roman; un chevalier n'est pas un reître. La crucifixion révèle la royauté du sacrifice. Bien entendu, le héros de l'Histoire n'agit pas si clairement, et sa gloire tient souvent aux sentiments épars qu'il ordonne. La gloire d'Alexandre va de soi (le plus grand conquérant du monde occidental), pas celle de César; mais le meurtre de César assure sa gloire. Si la défaite de Napoléon ne détruit pas sa légende, c'est que Sainte-Hélène fait de lui le compagnon de Prométhée. Il était devenu Napoléon quand il avait cessé d'être Bonaparte, comme Michel-Ange était devenu Michel-Ange lorsqu'il avait cessé d'être M. Buonarotti : ce que j'ai dit autrefois. Et le général de Gaulle le devient en cessant d'être Charles. Un personnage n'est pas un individu, en mieux. C'est peut-être la raison pour laquelle le général, lorsque l'histoire entrait en jeu, parlait volontiers de lui en disant : de Gaulle. L'humanité a besoin d'inventer le portail royal de Chartres, Ellora, les grottes chinoises — ou les personnages transfigurés de la Sixtine. A Chiraz, au Mexique, le général de Gaulle est sans doute un personnage de la Sixtine. Mao m'a longuement parlé de lui; je ne crois pas qu'il m'ait parlé de la France. Clemenceau est Clemenceau par la victoire, Churchill est Churchill par la bataille de Londres. Le général n'est pas seulement de Gaulle par le 18 Juin. Il est

inséparable de moyens fort intelligibles :
volonté, fermeté, éloquence, etc., comme
les grands capitaines le sont du génie
militaire, et les artistes, du génie artis-
tique; mais il l'est aussi de forces qui
semblent moins les siennes que celles du
destin. Pour ses amis, pour ses ennemis,
il y a du sorcier en lui (et pour le tribunal
de Rouen, si Jeanne d'Arc n'était pas
liée aux saints, comment ne l'eût-elle pas
été au diable?). Je me souviens de nouveau
d'Einstein, le violon sous le bras : « Le mot
progrès n'aura aucun sens si longtemps qu'il
y aura des enfants malheureux. » Ce que
Dostoïevski avait exprimé plus tragique-
ment : « Si le monde permet le supplice
d'un enfant innocent par une brute, je
rends mon billet. » J'ai écrit autrefois
que le moindre acte d'héroïsme n'était
pas moins mystérieux que le supplice d'un
enfant innocent. Je revois le visage
de Bernanos quand je lui ai dit, des
camps d'extermination : « Satan a reparu
sur le monde. » Notre Résistance à tout

prix (parfois à quel prix!) a répondu à ces camps, qu'elle ne connaissait pas : le Vercors a répondu à Mauthausen. Et le général de Gaulle, dans ce domaine, répond à Himmler. Pour nous, Français. Mais pour les autres? L'armée française, lorsqu'elle a été pulvérisée, passait pour la première armée du monde, depuis 1918. La résurrection a-t-elle été à l'échelle du désastre? Mais ce dont il s'agit ne s'exprime pas en termes militaires. Type humain qui n'a pas de nom, mais qui joue peut-être, dans l'Histoire, un rôle aussi singulier que celui du héros ou du saint : l'homme qui échappe au destin — ce qui est peut-être la définition de l'homme légendaire.

Il pose la main sur le feuillet en cours de ses *Mémoires* :

— Malraux, au fond, de vous à moi, est-ce la peine?

Tous ses amis sont morts — et la plupart des miens... Il ajoute :

— Pourquoi   écrire?

— Et pourquoi vivre? Vous connais-

sez la Bhagavad-Gītā : " *Et à quoi sert
le pouvoir, à quoi sert la joie — A quoi
sert la vie...* "

Têtes géantes d'Éléphantâ dans la
pénombre, goélands stridents sur la sac-
cade des vagues de la mer d'Oman... J'ai
la trouble sensation d'émerger du néant
en face de cette neige qui reviendra
inépuisablement sur la terre :

— Mon général, pourquoi faut-il que
la vie ait un sens? A Singapour, la dernière fois, j'ai rencontré l'un de mes
anciens amis. Il avait dirigé l'Enseignement en Indochine, et collectionnait les
papillons depuis qu'il se savait en face
de la mort. " Souvent, maintenant, je me
place du point de vue des papillons...
Ils ont 260 millions d'années, et la vie
moyenne d'un papillon dure deux mois. Ils
connaissent leurs régions en Malaisie, leurs
îles. A Java, à Bali, ils étaient là bien
avant les hommes... Alors, ils échangent
sans doute des histoires de papillons : les
fleurs ont quitté les arbres pour devenir

les offrandes, pour orner les cheveux... Les humains sont venus les uns après les autres, et se sont massacrés : naturellement. Ils se sont donc succédé. Des fous... Soyez certain que, pour les papillons, la seule partie vaguement sérieuse de l'humanité, ce sont les femmes, qui ne se massacrent pas... Enfin, disent-ils sans doute, nous, nous sommes les mêmes papillons depuis si longtemps, et les pauvres histoires des hommes...

— Et l'Histoire des hommes!

— ...nous semblent frénétiques et déraisonnables... '' Si l'on ne ressent pas l'univers comme une dépendance de l'homme, l'humanité est une aventure parmi d'autres. J'ai cité à mon pauvre ami le texte sacré de l'Inde où les grands papillons, après le combat, '' *viennent se poser sur les guerriers morts et sur les vainqueurs endormis...* ''.

— Phrase admirable. Je reconnais que les papillons peuvent voir dans la vie humaine une péripétie. Ils ne répondent pourtant pas à la question que vous posiez, bien qu'à certains égards, ils la détruisent.

Il reprend, écho ironique et amer, mais je ne distingue jamais ce qui, chez lui, exprime l'amertume :

— Pourquoi faut-il que la vie ait un sens...

Combien d'êtres humains, pendant combien de siècles, se sont posé la même question, dans les petites pièces sans lumière des Cités Interdites, ou sous le firmament commun aux reines de Babylone et aux esclaves de Rome qui regardaient mourir leurs nouveau-nés esclaves? Il hausse imperceptiblement les épaules :

— Qu'ont répondu les philosophes, depuis qu'ils pensent!

— La réponse n'appartient-elle pas plutôt aux religions? S'il faut que la vie ait un sens, c'est sans doute parce que lui seul peut donner un sens à la mort... Vous connaissez la phrase d'Einstein : " Le plus étonnant est que le monde ait presque certainement un sens. " Mais il ne va pas de soi que le sens du monde soit celui de notre vie... Et si notre civilisation n'est certes pas la première qui nie l'immortalité de l'âme, c'est bien la première pour laquelle l'âme n'ait pas d'importance...

— Pourquoi parlez-vous comme si vous aviez la foi, puisque vous ne l'avez pas?

— Renan n'était pas idiot...

— Ça dépendait des jours.

Il pense qu'à ma manière j'ai la foi, et moi je pense qu'à sa manière, il ne l'a pas. Il m'a dit : « Il y a une consolation religieuse, il n'y a pas de pensée religieuse. » Même les hindous, pour qui la pensée humaine flotte dérisoirement à la surface du sacré, ne le diraient pas. Mais il veut dire ce que dit l'Inde. La consolation, ce n'est pas la tombe de sa fille (qui n'est pas rien, puisqu'il m'a dit : « Je serai enterré avec Anne »), c'est sans doute ce qui s'accorde pour lui à la profonde houle de l'âme que la pensée confond avec son pauvre frémissement... Il me dit :

— La mort, vous savez ce que c'est?

— La déesse du sommeil. Le trépas ne m'a jamais intéressé; vous non plus : nous faisons partie des gens auxquels il est indifférent d'être tués. Pourtant, ma relation avec la mort est loin d'être claire. Quand les Allemands m'ont collé au mur à Gramat, je ne croyais pas à mon exécution. Mais à l'attaque des Hauts de la Parère (vous étiez sur la colline d'en face, je crois?) les obus de mortiers arrivent, avec leur miaulement qui a l'air de vous chercher. Nous nous couchons, et je continue à raconter des blagues. Un éclat coupe en deux mon ceinturon. (Quand on est couché, ça veut dire : il ne s'en est pas fallu de beaucoup.) Là-dessus, je me tais. Pourquoi? Peut-être parce qu'on ne parle pas à la mort...

« C'est épisodique. Mais l'idée de la mort, elle, m'impose le vrai problème métaphysique, celui du sens de la vie. Depuis que j'ai éprouvé que la mort était invinciblement semblable au sommeil...

— Il y a longtemps?

— Autrefois, mon sentiment fondamental était différent, parce qu'il était beaucoup plus lié à une question.

« Mon souvenir le plus saisissant, dans ce domaine, est un souvenir d'Espagne, précis parce que j'ai eu beaucoup de mal à lui redonner vie dans mon film. Les avions de chasse italiens foncent sur nous devant les grands collimateurs de l'époque. Je commence à tirer; le collimateur est furieusement secoué, et un chahut d'enfer emplit la tourelle de l'avion. Une fourmi parcourt nonchalamment le collimateur à travers lequel je tire sur les chasseurs qui me mitraillent de leur mieux : les fourmis sont sourdes.

« D'une certaine façon, les hommes aussi.

« Mais pendant les prises de vues du film, les fourmis, si tranquilles sous les balles, voulaient toujours s'en aller... A la fin, un régisseur a fait enduire de miel le côté du collimateur vers lequel se dirigeaient les fourmis, et nous avons eu la paix...

« Comme dit aujourd'hui l'Islam, modernisant le Coran : un insecte écrasé sur la route par une auto peut-il concevoir le moteur à explosion? »

Un chat des Chartreux saute sur le bureau. D'où vient-il? La porte est fermée.

— Mon général, est-ce que vous savez ne rien faire?

— Demandez au chat! Nous faisons des réussites et des promenades ensemble. Il n'est facile à personne de s'imposer une discipline d'oisiveté, mais c'est indispensable. La vie n'est pas le travail : travailler sans cesse rend fou. Et vouloir le faire est mauvais signe : ceux de vos collaborateurs qui ne pouvaient se séparer du travail n'étaient aucunement les meilleurs.

Il caresse distraitement le chat. Je dis :

— On ne meurt peut-être pas de la

même façon dans la souffrance et hors de la souffrance...

— Sauf si tout se rejoint à l'instant décisif. A supposer qu'il y ait un instant décisif.

— L'un des plus grands esprits que j'aie connus est mort du cancer en disant à Paulhan : " Comme c'est curieux, la mort! " Reste celle de ceux que l'on aimait...

Il s'est tourné d'instinct du côté du cimetière de Colombey, que l'on ne voit pas de son bureau. La neige tombe derrière lui. Il songe, je suppose, à sa fille Anne, enterrée là-haut.

— La mort de ceux que l'on aimait, dit-il, on y pense, après un certain temps, avec une inexplicable douceur.

Jamais il ne m'a parlé d'elle, sauf d'une façon tendrement allusive. Mais je crois qu'elle a joué un rôle profond dans sa vie. A Londres, c'est lorsqu'il la promenait par la main qu'il réfléchissait, et peut-être l'accent de sa réflexion n'eût-il pas été tout à fait le même, s'il n'était né en face du malheur.

— Il n'est pas vrai, reprend-il, que les expériences les plus profondes dominent notre vie. Dans l'action, oui; ailleurs, non.

— L'expérience du retour sur la terre, que j'ai si bien connue après Saba, puis après le simulacre de mon exécution pendant la Résistance, commence à s'user dans ma mémoire...

— Le pire malheur s'use. Mais naturellement, ce que nous pensons de la mort n'a d'importance que par ce que la mort nous fait penser de la vie.

— Vous connaissez comme moi la phrase célèbre : la vie est l'ensemble des forces qui résistent à la mort. Ce qui revient à dire que la mort est l'âme du monde, et me paraît pur verbiage. Il y a bien un problème de *notre* mort, mais c'est parce que nous sommes vivants. Et ce n'est pas nécessairement le problème de la mort. En face de la foi, c'est différent...

Comme toujours lorsque je lui parle de la foi — qui implique la sienne —, il ébauche le geste qui semble chasser des mouches.

— Les chatons jouent, les chats méditent, répond-il.

J'ai envie de caresser le chat, assis sur le bureau. Je réponds :

— Ou font semblant. Les enfants, les hommes méditent ou font semblant. Un de mes amis, éminent psychanalyste, me dit : " La vie, c'est un type dans le métro, avec une valise au bout de chaque bras. Il est frénétique, il s'occupe des meilleurs changements pour arriver le plus tôt possible, à quelle dernière station? A la mort. Mais il tient tellement à ses valises... "

— Quel âge a votre ami? Son point de vue est important, mais il n'est pas d'un homme jeune.

— Soixante-cinq ans, à peu près...

— Oui. Tout de même, il n'attache pas assez d'importance à l'ambition. Aucune maladie n'est plus répandue. Les valises en sont pleines. C'est surprenant.

— Et le désir d'être aimée, ou aimé, lui appartient souvent. Avez-vous remarqué qu'elle ne fait pas partie des péchés capitaux?

— Consolez-vous : l'orgueil et l'envie permettent de la retrouver. Qu'importe? Des siècles durant, il s'est agi, passé cinquante ans, de méditer dans l'éclairage que la mort projetait sur la vie. La retraite, le couvent. Depuis des années, il s'agit d'empêcher la question de se poser. Là où la religion s'efface. La science vit dans les siècles, le savant vit au jour le jour. L'image des valises est frappante, mais la vie ne consiste aucunement à être obsédé par ses valises, elle consiste à s'en délivrer.

« Enfin, pas toujours. Les valises permettent de ne pas penser au reste, c'est-à-dire à l'essentiel. Les tient-on à la main pour ce qu'on transporte, ou parce qu'on transporte ce qui permet d'oublier le voyage? L'ambition écartée, que contiennent-elles? Les hommes sont très occupés, c'est vrai, à différer de jour en jour les problèmes que la mort leur pose. Et les valises sont pleines des passions du moment. Quelques-uns y ajoutent le génie. La mort se charge de calmer ce tracassin.

— Ou de le métamorphoser.

— Oui, oui. Pourquoi pas?

— Ne met pas qui veut la France dans ses valises.

— J'ai rendu à la France ce qu'elle m'avait donné.

Neige.

Il reprend, en haussant les épaules :

— Qu'est-ce qu'échapper aux valises?

— Vivre dans le présent comme vous vivez dans l'histoire?

— L'histoire peut justifier la vie, elle ne lui ressemble pas.

— Comme la peinture...

— Staline m'a dit une seule chose sérieuse, et je vous l'ai citée : " A la fin, il n'y a que la mort qui gagne. "

« Pourtant, il y a la contemplation. »

Cette phrase, il me l'a dite autrefois — et je ne l'ai pas plus comprise qu'aujourd'hui. Mais sa vie est actuellement ordonnée par ses *Mémoires*.

— L'écriture aussi est une puissante drogue, dis-je. Les valises sont pleines de pages blanches qui veulent être écrites... Quand aucune transcendance n'entre en jeu, le sentiment le plus secret et le plus poignant des hommes est souvent : comment faire pour ne pas penser à l'essentiel?

« Quand il s'agit de vous, tantôt confusément, tantôt clairement, la phrase célèbre de Napoléon à la Vieille Garde reparaît : " Et maintenant, j'écrirai les grandes choses que nous avons faites ensemble... "

— Il avait bien de la chance!

Sa voix ironique change, comme s'il revenait en arrière :

— Il croyait que la postérité pouvait être d'accord avec lui, avec ce qu'il pensait de son action, de ce qu'il appelait sa gloire. Nous en reparlerons. Écrire permet d'oublier la meute. C'est important.

« Les hommes peuvent vivre hors de toute foi. Au fond, plus facilement qu'ils ne peuvent vivre hors de l'esprit. Rome a sans nul doute créé la première civilisation athée.

— Mais superstitieuse. Lorsque Cicéron, ou je ne sais qui, parle des pigeons sacrés, il dit qu'il n'aime pas les oiseaux fonctionnaires.

— Superstitieuse, comme tous les athées. Pas plus. Que *croyait* César? Rien de ce qu'il a écrit ne nous le dit. Ni même rien de ce qu'on écrit sur lui. Et on a beaucoup écrit.

— C'est pourquoi je ne crois pas négligeable que vous écriviez vos *Mémoires*. Sinon, croyez-vous que d'autres ne les écriraient pas? Il y a une première réponse, superbe, que vous connaissez : " A quoi te sert, Socrate, d'apprendre à jouer de la lyre, puisque tu vas mourir? — A jouer de la lyre avant de mourir. "

Et il y a une seconde réponse : voyez ce qui commence à se passer autour des événements de Mai. Les bourdonnements autour de Sainte-Hélène suffisent à montrer que le *Mémorial* est irremplaçable.

« Et puis, lorsque vous écrivez, que vous écriviez *je* ou *de Gaulle*, le lecteur ne lit pas votre témoignage (je reviens aux campagnes de César, qui dit toujours César, et jamais : je), comme il lit le récit d'un autre. Le rapport est inversé. L'autre transmettrait, comme un romancier invente; et vous témoignez, même si le lecteur pense que vous vous trompez. Je reprends ma phrase : le *Mémorial* est irremplaçable.

« Vous m'avez dit : les Français ont aussi envie de savoir ce que moi, j'ai pensé de tout cela. Le rétablissement de la France, comme la Résistance d'ailleurs, ce n'était pas que des événements. Bien entendu, ce n'était pas non plus une rêverie. Mais les Alliés, les Américains, surtout, auraient pu tenir la Résistance pour une

Légion étrangère, une armée Anders; c'est vous qui en avez fait autre chose. Du rétablissement de la France aussi. Il a suffi de quelques jours au discours du 18 Juin pour signifier autre chose que l'appel à la création d'une Légion étrangère. Vous disiez : des forces immenses n'ont pas encore donné; nous alignerons le nombre d'avions et de chars nécessaire, et nous gagnerons pour les mêmes raisons que nous avons perdu. C'était irréfutable. Mais personne n'en a parlé, même à cet étonnant Conseil des ministres de 1940 qui devait, théoriquement, parachuter Herriot à Londres (et de rire!). La force des prophètes d'Israël, c'était de proclamer la Vérité quand elle avait tout contre elle. La force de vos discours de Juin et de tout ce qui les a suivis tient à la même certitude prophétique : " Quand vous vous lèverez d'entre les morts... "

— Les choses capitales qui ont été dites à l'humanité, répond-il lentement, ont toujours été des choses simples... Les religions... Enfin, vous voyez ce que je veux dire... Et ce qu'elles font naître est imprévisible...

Le lien entre deux hommes seuls, dans cette petite pièce si close malgré l'immense paysage blanc, suscite-t-il une confuse télépathie? Un jour, il m'a dit, de la Résistance : « J'ai dû lui sacrifier tout : elle était la France. Dans quelle mesure la France l'a-t-elle suivie? »

— Pourquoi, dis-je, vos discours de guerre ne donnent-ils pas un plus grand rôle à la Résistance métropolitaine? Vous pensiez que, tôt ou tard, des politiciens tenteraient de la jouer contre vous?

— Je lui ai donné un grand rôle.

— En 1944 ou 45, lorsqu'un journaliste vous demande d'où viennent les armes des F.F.I. de la 1re armée, vous répondez : des Africains chassés par l'hiver, et des Américains. Elles étaient aussi celles que nous avions prises aux Allemands : les mitraillettes des soldats de la brigade Alsace-Lorraine exposées au musée de Strasbourg sont des mitraillettes allemandes.

— Je suppose qu'à l'époque, je l'ignorais.

— Il y a eu quelque chose d'admirable dans les derniers mois de la Résistance : c'est qu'alors, nous savions ce qui nous attendait. Après l'arrestation de Jean Moulin, résistants et résistantes ont réellement combattu en face de l'enfer.

Craignait-il qu'il n'y eût beaucoup de bluff dans la Résistance, et ne voulait-il faire état que de certitudes? Pensait-il que la Résistance seule n'eût pas assuré la continuité de la France? Il disait : « J'écoute la voix profonde de notre peuple, comme on entend la rumeur de la mer. » Il a plusieurs fois parlé des caves de la Gestapo, et des poteaux d'exécution. J'ai vu avec lui, aux Invalides, le poteau mâché par les balles allemandes, terrible totem qui ramenait au documentaire toute l'exposition de la Résistance. Il le regardait comme moi, mais sans doute pensait-il qu'il n'y a pas si loin, d'une Légion étrangère, à des maquis. Il m'a dit : « La Résistance a eu plusieurs motifs, même la plus noble. Je crois que la France sait que moi, je n'ai pas résisté à une politique au nom d'une autre, ni, ce qui est plus sérieux, à une civilisation enragée, au nom de notre civilisation. Ni même au nom de la chrétienté. J'ai été la Résistance *de la France.* On ne pourra pas oublier que j'ai accueilli tout le monde. Sinon, j'aurais été le chef d'un parti en exil. Des malheureux me reprochent de prétendre assumer la France; qu'aurais-je pu faire d'autre? »

Aujourd'hui, il est obsédé par l'époque où la France redevenait la France, parce qu'il passe des heures chaque jour pour ressusciter ce temps, pendant que la presse étrangère affirme que la France se couche. Les dix dernières années ne sont-elles pas un dernier sursaut? Je pense aux biologistes rassemblés à San Francisco pour assister à l'expérience qui allait faire surgir de la matière, la vie : la première manche gagnée, puis la fascinante minute pendant laquelle il semblait que la vie hésitât à naître — et l'échec final. Ehrenbourg, qui détestait le général, disait pourtant : « A Moscou, la France avait l'air de le suivre à trois pas, comme les épouses musulmanes. » Pense-t-il parfois qu'elle s'est servie de lui pour ressusciter, pour terminer le drame algérien, et que désormais elle n'a plus besoin de lui, parce qu'elle ne veut plus rien? « Bir Hakeim n'était évidemment pas Austerlitz; ceux qui s'y sont battus ont pourtant été des témoins. » C'est ce qu'il pense de lui. Mais pas toujours. « Je suis le personnage du *Vieil Homme et la mer*, d'Hemingway : je n'ai rapporté qu'un squelette. »

Il y a aujourd'hui chez lui l'étrange indifférence à l'action dont il a parlé jadis : « Des hommes que l'on acclame rejettent soudain le fardeau. » (A qui pensait-il? A César? Vraisemblablement. A Saint-Just? il le connaît mal, et ne l'aime pas.) Mais peut-on analyser l'indifférence à l'action — qui est sans doute, chez l'homme d'action, l'indifférence à tout — ou naît-elle d'un sentiment fondamental, dont les causes sont surtout des justifications? C'est ce que disent depuis dix ans les spécialistes de la chimie du cerveau... Avant son départ, n'a-t-il pas entendu le coup annonciateur de la mort? Il semble invulnérable. Pourtant, sous le squelette du *Vieil Homme et la mer*, je reconnais son acharnement. Il m'a dit un jour, avec une sincérité manifeste : « Je reconnais que vous m'avez convaincu »; le lendemain, il a fait ce qu'il avait décidé contre notre conversation. Mais enfin, il rassemble ses discours, il répond aux femmes qui lui écrivent pour la Saint-Charles en leur demandant, pour la première fois, leurs prières : les instructions données à Mme de Gaulle, en cas d'accident, sont étrangement précises. Il parle de la mort avec une indifférence grave, alors qu'il en parlait distraitement. « Il fait ses paquets », m'a dit, avec angoisse, quelqu'un qui le connaît bien.

Il croit à sa retraite. Pas moi. Ce qu'il écrit est la suite de sa vie, une action affrontée à la solitude qu'il parcourt chaque après-midi avec son chat. « Si loin que s'étende mon regard, il n'y a plus une maison. On peut se promener pendant des heures et ne rencontrer personne. » Sans doute saint Bernard a-t-il parcouru comme lui cette immensité déserte de l'hiver : Clairvaux est au-dessous de nous. Il m'a dit une phrase surprenante de sa part (mais qui exprime peut-être l'un de ses domaines secrets), plus surprenante encore parce qu'il avait parlé ainsi de Saint-Just : « Saint Bernard était assurément un colosse; était-il un homme de cœur? »

Vers Clairvaux, un jardinier traverse la Boisserie; plus loin, une charrue semble abandonnée, comme un monument à Cincinnatus. Il y a chez le général de Gaulle un domaine qui n'est ni celui du Romain, ni celui de Washington, ni celui des grands religieux solitaires. Le refus en est la valeur suprême. Peut-être sa définition du caractère n'est-elle pas seulement de dire : « Non », mais il n'est à l'aise que lorsqu'il dit : « Non. »

On apporte un paquet, qu'il ouvre; une dactylographie des *Discours et Messages.*

— C'est le premier tome?

— La guerre...

Demain à cette heure, il sera dans cette pièce. Il retrouvera sa théorie de la guerre de Trente ans commencée en 1914 : « Foch, Clemenceau, de Gaulle, c'est la même chose », et : « Notre patrie est en péril de mort »; puis, au lendemain de la destruction de la flotte française de Mers el-Kébir par la flotte anglaise : « Au nom des Français qui demeurent encore libres d'agir selon l'honneur et l'intérêt de la France, je déclare qu'ils ont, une fois pour toutes, pris leur dure résolution : ils ont pris, une fois pour toutes, la résolution de combattre. » Et : « Parmi les soldats en marche, c'est à peine si le monde entendait encore le pas lointain de quelques-uns des nôtres... » Il tour-

nera les pages, ajoutera des virgules. « La
France qui combat, c'est nécessairement
la France... Le ciment de l'unité française, c'est le sang des Français qui n'ont
pas voulu connaître, selon Corneille : " La
honte de mourir sans avoir combattu... " »
« Notre armée d'Afrique, ses armes rouil-
lées et sa valeur intacte... » Il retrouvera
aussi l'ombre tragique du suicidé Hitler,
et Vichy, qui n'a plus d'ombre : « Depuis
que la lâcheté a proclamé la honte sous
prétexte d'éviter la souffrance... Ces réa-
listes qui ignorent la réalité... Vichy qui
tient les mains de la France pendant que
l'ennemi l'égorge... Les bâches que l'ennemi et les traîtres jettent sur nos morts...
La bouche de ceux qui prétendaient gou-
verner notre pays ne s'ouvre que pour lui
ordonner de se rouler dans la boue... »

Les pages succéderont aux pages, expri-
mant ce qui se passa chaque jour : « La
plus grande gloire du monde, celle des
hommes qui n'ont pas cédé. » Et : « Dans
l'immense bouleversement, ne valent, ne

marquent, ne comptent, que les hommes qui savent penser, vouloir, agir, suivant le rythme terrible des événements. » Tantôt il se souviendra de l'histoire qu'il a faite, comme Michel-Ange se souvenait de la Sixtine; tantôt, comme d'une lutte sans fin avec le passage sans fin des ombres. Et l'heure du déjeuner viendra.

La voici.

— Vous lisez encore? me demande-t-il.

Pendant qu'il reçoit Geoffroy de Courcel, notre ambassadeur à Londres, qui y fut jadis son aide de camp, je cause avec l'aide de camp d'aujourd'hui et Mme de Gaulle. Je n'ai plus l'impression d'être le diable pour elle. Parce que j'ai accompagné le général dans sa retraite, parce que les antennes féminines jouent et qu'elle connaît depuis des années, sans la comprendre clairement, ma relation avec le général, parce que je suis aujourd'hui à Colombey, parce qu'elle devine la sympathie qu'elle m'inspire? (Sympathie née quand on m'a dit qu'après l'attentat du Petit-Clamart, elle avait quitté la voiture sans un mot, en rejetant des morceaux de verre tombés sur son épaule, et en remettant son chapeau en place.) Elle a rajeuni à tel point que je découvre le jeune visage qui aima le capitaine de Gaulle. Jadis lasse, elle montre aujourd'hui une joie contagieuse, qui n'est pas étrangère à la sérénité du général.

Elle parle de l'Élysée comme elle parlerait d'un camp de concentration :

— Même pour le général, vous savez, je me demande comment il a pu supporter cela si longtemps!

Elle l'aime et l'admire, mais si fémininement! « Oh, le général dit ça, bien sûr, mais, vous savez...! »

Sur la table, il y a des jeux de patiences en fil de fer, enchevêtrements qu'il faut débrouiller :

— C'est lui qui s'entraîne pour dimanche. Maintenant, il est plus fort que tous ses petits-enfants...

Je regarde briller les fils de fer avec lesquels joue le général de Gaulle... La lumière, sans doute parce que les fenêtres sont à gauche, a perdu son épaisseur.

J'ai reçu la semaine dernière une excellente lettre anonyme :

« *C'était donc cela, de Gaulle : petitesse de l'esprit, petitesse de l'âme, petitesse du cœur!*

« *Et encore, et par là : étroitesse de vue, contresens historique, hermétisme au génie latin!*

« *La France (et non " sa " France), la France égarée qui a vu avec lui et par lui : sa défaite de 40 déguisée en victoire, l'abandon de l'Empire travesti en gloire, la traîtrise en honneur, l'ignorance en lumière; la France qui a vu : son armée mutilée et bafouée, sa justice ligotée, sa culture désagrégée, son peuple méprisé; la France menée par lui à un désarroi total, à un désordre désespéré, par la contradiction flagrante, insupportable, entre ses mots ronflants et la réalité; la France* qui a vu les enfants se tourner contre elle-même, le couteau à la main, alors que ce vieillard laissait tomber " chienlit "; la France, qui l'a chassé, espérait encore!

« La France aurait tout pardonné, s'il y avait eu chez lui une grandeur, un souffle d'épopée, ou même de folie. Elle ne trouve dans " son guide " qu'un diplodocus à toute petite cervelle, un homme qui n'a de grand que la monstrueuse vanité, et la ténacité dans la mesquinerie.

« La France consternée. regarde ce Monsieur Jourdain du Grand Siècle: ses préoccupations de résidence, ses voyages en province, son attachement anachronique à la monnaie, et les prix d'excellence, d'honneur ou de bonne conduite qu'il décerne à ses collaborateurs.

« Enfin, définitivement éclairée sur ce mégalomane aussi bas que retors, la France a encore à s'inquiéter dans l'immédiat de la parution de ces livres qui verseront de l'huile sur les passions semi-éteintes, qui ne pourront que mécontenter l'Amérique, décevoir la Russie... »

L'Amérique, la Russie... Il m'a dit autrefois : « Pas une fois, vous entendez bien : pas une fois! je n'ai trouvé contre moi un homme qui représentât, qui assumât *la France.* » Shakespeare seul a puissamment exprimé la haine que suscitent les grandes destinées — ou plutôt, ces destinées qui suscitent encore aujourd'hui la haine parce qu'elles ont suscité l'amour : celle de Jeanne d'Arc comme celle de Napoléon. Nous connaissons les chansons contre l'Empereur : « *Eh bien dis donc, Napoléon — Elle ne r'vient pas, ta Marie-Louise!* », contre Louis XIV : « *Le vieux soldat rentre au village — Épouser la vieille putain...* », les insultes prodiguées à César, héritières sans doute de celles que reçut Alexandre. L'auteur de cette lettre — combien d'autres ai-je reçues! — tuerait volontiers le général de Gaulle, s'il en avait le courage, au nom du pétainisme, en oubliant Hitler; des communistes plus sérieux le feraient au nom du prolétariat. Les ennemis de Napoléon n'ont jamais eu de peine à trouver de prétexte pour le haïr. Et Richelieu, Lénine, Clemenceau : appartenir à l'histoire, c'est appartenir à la haine. Le général de Gaulle m'a demandé naguère, avec son sourire crispé : « Vous ne trouvez pas bizarre d'être exécré (il n'emploie jamais le mot : haï, quand il s'agit de lui) à la fois pour ce qu'on est, et pour ce qu'on n'est pas ? »

II

Il quitte son cabinet de travail en disant à Geoffroy de Courcel :

— Au fond, nos Anciens et tout ça, je les aime bien, mais...

— Mais ils sont tout de même restés! dit Mme de Gaulle.

— ...mais il faut que l'on sache que je n'ai rien à voir avec ce qu'ils font.

Porto. Les murs du salon de la Boisserie, comme autrefois, sont couverts de livres brochés. Au-dessus des rayons, une dizaine de lampes de mineurs, des photos gondolées de souverains et de chefs d'État régnants, morts ou déchus : Chang Kaichek, Eisenhower et la reine d'Angleterre, Kennedy à côté de Nixon. Des tableaux (un Marquet) qui lui ont été donnés à Alger. Rien qui ne soit lié à sa vie : aucune œuvre d'art n'a été achetée. Un poste de télévision. J'en ai vu un autre, au passage, dans le salon Empire.

Nous passons à table.

— Et que se passe-t-il à Paris? Vous êtes sortis, ces temps-ci?

Sa voix a complètement changé. Il semble dire : entracte. Comme aux déjeuners privés de l'Élysée. Quand il avait quitté le bureau présidentiel à l'énorme mappemonde, il ne parlait plus de choses sérieuses. Il répondait par une phrase, souvent par une boutade. D'où le trouble de ses voisines, qui attendaient des considérations sur l'histoire du monde, et à qui il demandait des nouvelles de leurs enfants, ou leur opinion sur le dernier film à succès. Mais le général crée à Colombey une atmosphère que je n'ai jamais connue à l'Élysée : atmosphère à la fois familière et chaleureuse, comme s'il se retrouvait avec plaisir, maître de maison.

L'ambassadeur raconte le bal du baron de Rédé, et les concours d'anecdotes : « Tout ça, dit-il, un peu banal. » Je réponds :

— Vive la fin du xviiie siècle, avec ses dîners partagés entre le mot du prince de Ligne à Vienne, et celui de Mme de Pompadour à Versailles! A Vienne, un courrier, haletant bien entendu, apporte un message à l'empereur d'Autriche : " Un homme vient de se noyer dans les fossés du Prater! " Fossés sans eau. " Allons, sire! dit le prince de Ligne, encore un flatteur! " Le mot rival, vous le connaissez : Louis XV... »

La suite serait : « ...pelote Mme de Pompadour ». Mais peloter n'appartient pas au vocabulaire de Mme de Gaulle :

— Louis XV caresse Mme de Pompadour. Elle prend sa main, la pose sur son cœur, sourit, et dit : " C'est là, voyons!... "

Retour du chat dont je demande le nom :

— Il avait un nom très distingué, dit Mme de Gaulle en riant, mais je l'ai oublié! Maintenant, il s'appelle Grigri.

J'ai demandé un jour au général quelle était sa relation avec les chats. Après réflexion : « Ils n'ont plus peur de moi... » Geneviève m'a dit qu'il avait entendu avec tristesse les enfants, dans la pièce voisine, dire du prochain Noël : « Si l'Oncle Charles vient, ce sera mieux, mais nous ne pourrons pas rigoler... » Je m'adresse à Geoffroy de Courcel :

— Vous avez lu la dernière théorie anglaise sur Azincourt?

— Je ne crois pas.

— La tradition veut que les archers français n'aient pas pu se servir de leurs arcs, détendus par la pluie parce qu'ils n'avaient pas d'étuis, alors que les archers anglais en avaient.

— C'est ce qu'on m'a appris, dit le général.

— La nouvelle théorie dit ceci. L'Europe était alors parcourue d'immenses bandes de rats. Les Anglais seuls avaient des " capitaineries de chats ". Une des multitudes de rats a contourné l'armée anglaise, non par peur des chats mais à cause de leur odeur. Et elle s'est ruée sur les cordes graissées des arcs français.

— A Azincourt, dit le général, les archers combattaient avec des arcs, ou avec des arbalètes?

— Dans le film, avec des arcs... Tout ça est peut-être farfelu, mais un historien pourrait contrôler si l'armée anglaise possédait ou non des capitaineries de chats. Ça me plaît, cent vingt chats en rang...

— En faire vivre deux ensemble, dit Mme de Gaulle, est déjà assez difficile!...

— L'histoire de chat que je préférais, dis-je — je ne sais plus si elle est de Louise de Vilmorin, de Jean Cocteau ou de moi — est celle-ci :

« Au coin du feu, un vieil Anglais, sa femme et leur chat noir. Le chat regarde l'homme, et lui dit : " Ta femme t'a trompé. " L'Anglais décroche son fusil de chasse et tue la femme. Le chat s'en va, la queue en point d'interrogation, et dit : " J'ai menti. "

— L'histoire doit être de vous, dit le général. Mais les capitaineries d'animaux ont duré longtemps, avec ou sans chats.

— Vous vous souvenez que les Archives ont reçu, il y a quelques années, la lettre par laquelle Charles de Batz, c'est-à-dire d'Artagnan, capitaine des volières, remerciait le roi de l'avoir nommé capitaine de ses petits chiens.

« Quand il n'y avait plus de chats en Europe, on envoya au pape Grégoire Ier un chat d'Abyssinie, et je ne sais quel concile déplore que le Saint-Père néglige ses devoirs pontificaux pour le caresser. »

Je me souviens d'un chat noir couché sur une souricière, dans la « vieille ville » de Concarneau. L'un des murs de l'antichambre, nu il y a vingt ans, est barré de massues polynésiennes, les unes très belles, les autres fabriquées pour les touristes. « Ça amuse les enfants », dit-il. Dans la salle à manger, sur une armoire normande, des groupes sculptés du Grand Nord.

— Des eskimos?

— On nous les a donnés au Québec, dit Mme de Gaulle.

Le service est fait par deux bonnes en tablier blanc. Le général verse lui-même le vin. Jusqu'ici, je ne lui avais vu ce sourire descendant et cette paupière plissée que lorsqu'ils accompagnaient des boutades — comme lorsqu'il me dit, en voyant arriver pour une réception de l'Élysée Brigitte Bardot vêtue d'un pyjama à brandebourgs : « Veine : un soldat! » et, à elle : « Quelle chance, Madame! Vous êtes en uniforme et je suis en civil! » Aussi, le jour où il serrait des mains dans la foule sans avoir mis ses lunettes : « Bonjour, monsieur le curé! — Mon général, je suis un des gorilles. — Alors, bonjour, monsieur le gorille! » Et, plus amèrement, à un idiot qui disait devant lui : « On a exagéré les conditions de détention de Ravensbrück. — Les résistantes étaient si bien dans les camps d'extermination qu'elles y sont presque toutes restées. »

Il demande à l'ambassadeur des nouvelles d'amis anglais.

— La lettre la plus émouvante que j'aie reçue au sujet de mon départ est celle de Mme Churchill.

Il se tourne vers moi :

— Savez-vous quelle a été la première? Celle de Franco. Il m'invitait à venir en Espagne...

Le rôti succède aux soles. Bordeaux admirable. Le général ne laisse jamais un verre vide. Emplissant le mien, il me demande :

— Vous n'êtes pas allé à Alger?

On m'avait invité à présider le Congrès francophone.

— J'ai failli accepter, parce que l'invitation, adressée à un Français, avait une signification. On me dit que la confusion a été à son comble, entre les Noirs américains et les Noirs africains...

— Vous y auriez peut-être mis bon ordre.

— Je n'aurais pu rentrer dans la politique que si c'eût été rentrer dans l'action.

Et puis, j'avais le sentiment d'avoir dit à Niamey ce que j'avais à dire...

— Vous avez certainement dit à Niamey des choses utiles. Est-ce que le Niger a beaucoup changé?

— Moins que le Tchad. Niamey est encore une ville du vieil empire français, où le président habite le palais jaune du gouverneur...

— Et les villages?

— Millénaires. Mais quelques-unes de nos ethnologues les habitent, et la contribution des femmes, dans l'Islam du Niger, est irremplaçable. Elles pensent qu'elles peuvent jouer un rôle entre le Niger et la France; je le pense comme elles. Le village, lui, n'a pas changé. Sauf en ceci. Tous les hommes de haute taille s'appellent Gaul, comme au Congo, et les Peuls sont grands. Leurs femmes ou leurs fiancées s'appellent tante Yvonne : tanti-vonn. Où ne pénètre pas *Le Canard enchaîné!* Alors, dans les ruelles à chèvres au-dessus du fleuve, on entend des cris

lointains : " Gaul! Gaul! — Tantivonn!
Tantivonn! "

Mᵐᵉ de Gaulle rit.

— Que font nos ethnologues? demande-
t-elle.

— Des travaux sur la femme nigé-
rienne. Leur tâche n'est pas facile. Celle
qui me guidait a les cheveux ondulés; or,
pour les indigènes, qui sont crépues, le
Niger est une déesse aux cheveux ondulés,
à cause de l'ondulation des flots. La
première fois que notre ethnologue s'est
baignée, tout le village s'est enfui. Elle
est revenue après quelques jours, et sa
meilleure amie lui a dit : " Heureusement
que nous te connaissions bien : sinon, ils
t'auraient tuée. Puisque tu n'es pas la
déesse, tu ne pouvais être qu'un démon. "
Depuis, elle ne se baigne qu'avec un
bonnet de caoutchouc, et couvre ses cheveux d'un foulard...

Sur un meuble, se trouvent quelques
numéros du *Journal de la France*. Les
premiers ont été consacrés à la Révolu-

tion. Le regard du général suit le mien.

— Les choses ont peut-être été moins difficiles qu'on ne croit : la France avait vingt-huit millions d'habitants, et la conscription. La monarchie, à son couchant, avait redressé sa puissance militaire; les réformes demandées par Guibert ont été réalisées par la Révolution et par l'Empire. Mais la Révolution a remis la France au combat, et la France a toujours été faite à coups d'épée. Les armes ont d'ailleurs cette vertu d'ennoblir jusqu'aux moins purs.

« Qui eût cru que les disciples de Jean-Jacques Rousseau deviendraient des Romains?

« Quand nous sommes allés voir la nouvelle mise en scène de *Ruy Blas*, je vous ai dit : " Quel singulier sujet! " et vous m'avez répondu : " Pour le public de l'époque, le valet amoureux de la reine, c'était Rousseau devenu Premier ministre. " Je n'y avais pas pensé. L'eût-il souhaité? C'est possible : il était un peu fou...

— Victor Hugo ne savait pas que Marie de Neubourg, la reine de *Ruy Blas*, a eu pour fils naturel le plus extraordinaire aventurier du siècle, le comte de Saint-Germain. Cagliostro, Casanova cherchent par quelle astuce il est reçu dans les petits appartements de Louis XV, où ils n'ont jamais eu accès : mais Louis XV, comme tous les souverains de l'époque, connaissait sa naissance...

Sur la couverture d'un autre numéro de l'hebdomadaire, un grand portrait de Napoléon.

— Où en êtes-vous avec l'empereur? me demande-t-il.

— Un très grand esprit, et une assez petite âme.

« Mais ce n'était pas à dire en Corse... »

Je devais prononcer à Ajaccio le discours qui commémorait la naissance, et le général, aux Invalides, celui qui commémorait le retour des cendres.

— Il me semble, dis-je, qu'il n'a jamais été en face de l'interrogation métaphy-

sique, ou, si vous préférez, religieuse. Lisez
le *Mémorial*. On nous parle de ses supers-
titions, comme si tant des plus grands
esprits religieux n'avaient pas été supers-
titieux! Mais sa religion, sa vraie religion,
n'était sans doute pas très différente de
celle de sa mère. Les grands conquérants
sont rarement interrogés par le sens de
la vie : Alexandre, César, Gengis, Timour...
Quand ils sont venus devant Dieu, je
suppose qu'il les a tous envoyés au caté-
chisme...

Le général répond, avec le demi-sourire
qui semble signifier une rencontre de plus
avec la bizarrerie humaine :

— Pour l'âme, il n'a pas eu le temps...
Voyez, à Sainte-Hélène... Quand dit-il la
phrase que j'ai citée : " Oui, c'est triste;
comme la grandeur... "?

— Quand il retrouve les Tuileries, après
l'île d'Elbe.

— Elle n'est pas d'une âme commune.

Le général est beaucoup plus hanté par
l'Histoire que par la religion. Je partage

sa hantise, mais pas tout à fait. Il m'a dit autrefois qu'il approuvait la phrase de Valéry : les leçons de l'Histoire n'ont jamais servi à rien. Peut-être l'Histoire qui l'obsède est-elle moins le destin que la présence du passé. Les hommes obsédés par les femmes parlent d'autant plus d'elles, qu'elles sont plus énigmatiques pour eux. Néanmoins, ce qu'il dit est vrai. La spiritualité a toujours été étrangère à Napoléon, mais sa relation avec la vie n'est pas, à Sainte-Hélène, ce qu'elle était à Austerlitz.

— Et puis, reprend-il, chez ces personnages apparemment surhumains, la force de création légendaire, vous voyez ce que je veux dire, prend la place de l'âme.

— Qu'auriez-vous dit, aux Invalides?

— Il a laissé la France plus petite qu'il ne l'avait trouvée, soit; mais une nation ne se définit pas ainsi. Pour la France, il devait exister. C'est un peu comme Versailles : il fallait le faire. Ne marchandons pas la grandeur.

Il sait de reste que la force est la force, et ressent de façon désespérée notre faiblesse; mais il ne pense pas à la France en termes de force (il a jugé idiote la phrase de Staline : « La France a moins de divisions en ligne que le gouvernement de Lublin »), moins encore de territoires. Comment n'en a-t-il pas pris une conscience plus claire lorsqu'il a décidé d'accepter l'indépendance de l'Algérie? Ce jour-là, il a choisi l'âme de la France contre tout le reste, et d'abord contre lui-même. Il n'attache pas grande importance au fait que Napoléon ait laissé une France mutilée : pour lui, l'empereur avait crié aux Français que la France existait.

— Et puis, vous savez, reprend-il, le destin de Napoléon n'est pas le seul destin historique tissé de beaucoup d'erreurs.

— Tout homme de l'Histoire rassemble ses armes avant de choisir celle qu'il emploiera.

— Encore faut-il qu'il choisisse. Le

drame de l'Angleterre est d'être contrainte à choisir entre les vestiges de l'Empire au prix de l'hégémonie américaine, et un jeu loyal avec le Continent. Qu'elle le sache! Churchill a passé son temps à tout céder aux États-Unis, à commencer par ses Antilles, contre cinquante bateaux dont les Américains ne faisaient rien! Napoléon, lui, n'a pas su choisir entre le généralissime et l'empereur. Avant Leipzig, il a passé des heures à signer des décrets. Et pourtant, son armée n'était plus l'armée française. Comment les choses commencent-elles, comment basculent-elles?

« Jusqu'en 1811, son génie ne faiblit pas. La composition de tous les efforts en un seul, l'obstination à doubler la mise, la passion du risque, c'est l'essence de la stratégie. Et dans le combat, il sait comme aucun autre faire naître la rupture d'équilibre, l'exploiter aussitôt. Sa volonté ne subit d'éclipses ni dans le triomphe ni dans le désastre. La sérénité dans la peine est le premier don pour le commandement, dit Voltaire. Dans chaque destin historique, il y a le moment où tout commence. Tout a commencé à Lodi. »

Je pense : et pour vous? Mais je connais la réponse. Tout a commencé lorsqu'il a cessé de penser à Weygand, à Noguès et aux autres, lorsqu'il a répondu à René Cassin qui lui demandait à Londres : « En tant que juriste, dois-je considérer que nous sommes une Légion étrangère, ou l'armée française? — Nous sommes la France. »

La France, c'était, devant lui, deux tables en bois blanc.

Il continue :

— Mais Napoléon prétend toujours forcer la fortune. Pourtant les âmes, comme les choses, ont des limites. A partir de 1813, à force de frapper, il avait brisé l'épée de la France. La proportion rompue entre le but et les moyens, les combinaisons du génie sont vaines. Tout ce qu'il fait, dans la première partie de sa vie

— je parle du chef de guerre — est admirablement prémédité. Tout ce qu'il fait après la retraite de Russie a l'air d'une aventure. Je sais bien que quand un lieutenant est devenu empereur, il peut penser que l'empereur revenu gagnera encore des batailles, et qu'on verra après. Mais il les livre comme s'il n'était plus lui.

— Joséphine Baker, pour qui vous avez toujours été si bienveillant...

— Pauvre brave fille!

— ...disait qu'il était plus facile de redevenir une star, que de le devenir.

— A condition de ne pas se croire une star. Si Napoléon n'avait pas gagné tant de batailles, eût-il livré celle de Waterloo comme il l'a fait?

— A la fin, il n'a plus de cavalerie; il semble combattre contre tous les principes de sa jeunesse... Pourtant, le prince Schwarzenberg m'a affirmé que son ancêtre avait su ramener de Russie la cavalerie autrichienne...

— On ne l'a peut-être pas beaucoup attaquée! Mais voyez comme les défaites ont peu atteint la gloire de Napoléon. Voyez la force de son nom, pas seulement pour les Français. Il remue les âmes. Vous connaissez son tombeau : où avons-nous vu la foule ressentir davantage le frisson de la grandeur?

— A l'indignation de Tolstoï, qui le tenait pour un brigand. Après la défaite, le Midi l'a furieusement haï. A Carcassonne, on a fait un énorme bûcher de tout ce qui portait son effigie, et on est allé chercher un aigle dans une cage, pour le brûler vivant sur le bûcher.

— Combien d'hommes sont dignes qu'on brûle un aigle parce qu'on les hait?

« Savez-vous ce qui me fait rêver, quand je pense à lui? Son sentiment, sans doute la surprise, quand il a perdu la première bataille... Vous avez dit autrefois à Bernanos, et vous avez repris dans votre discours d'Orléans, que vous aviez été bouleversé par le cri de Jeanne d'Arc lorsque les flammes l'ont atteinte, parce qu'elle pensait, disiez-vous, que les saints la protégeraient et qu'elle ne brûlerait pas. Il a dû se passer quelque chose de semblable avec lui.

— Une de ses phrases m'a toujours troublé, parce qu'elle est magnifique et incompréhensible : " Je fais mes plans avec les rêves de mes soldats endormis. "

« Il a rétabli l'ordre — ou plutôt il l'a établi, car ce n'était pas le même. Il portait en lui le besoin de transformer la confusion en ordre, comme tous les hommes de l'Histoire qui ne sont pas des hommes de théâtre... Politiquement, c'est clair, parce que la confusion qu'il ordonne est claire. Mais dans les domaines qui ne sont pas celui de la politique, ce dont il s'agit est plus complexe. Goya n'était pas le Directoire. Je suis en train de rassembler des préfaces que j'ai écrites autrefois sur des gens de la fin du XVIIIᵉ, donc sur l'une des crises les plus profondes qu'ait traversées l'individu. Qu'eût été une littérature qui eût continué Laclos, une politique qui eût continué Saint-Just, une peinture qui eût continué Goya? C'est à cause de Napoléon, que Mme Récamier sur sa chaise longue succède à la *Maja desnuda...* Mais il a rejeté la France du côté des hommes. Depuis 1750, l'Europe n'avait pas été conquise par les Français, mais par les Françaises.

— Il a rendu la France enragée d'ambition. La Révolution, dans ce domaine, avait été un conte fantastique. Il a transformé le conventionnel en préfet. Professeur d'ambition, comme Barrès disait : professeur d'énergie. Mais beaucoup plus d'ambition, que d'énergie.

— Saint Rastignac? Vous avez écrit : " L'âpre ressort de l'ambition, qui soutient l'homme d'action " ou quelque chose comme ça...

— Il ne s'agissait aucunement de la passion des grades et des honneurs, mais de l'espérance d'agir sur de grands événements. L'ambition individuelle est une passion enfantine. Préférer ce qu'on paraît à ce qu'on est, quand on est Napoléon! Et capable de dominer la solitude de Sainte-Hélène! Ce n'est pas simple. Tout de même, a-t-il eu la vocation de la France? Il aimait l'armée française parce qu'à l'époque et sous son commandement, elle était la meilleure. Mais je crois qu'il a conçu son destin, même à Sainte-Hélène, comme celui d'un individu extraordinaire. Pourtant, c'est peu de chose, un individu, en face d'un peuple.

— Il est certainement le saint patron de Rastignac, mon général, mais aussi celui de Nietzsche. A Sainte-Hélène, quoi qu'il advînt, l'ambition était comblée. Stendhal dit que s'il avait fait l'Italie en 1813, il aurait pu y continuer la guerre après Waterloo.

— Il pensait qu'il y avait des Italiens, mais pas d'Italie. Alors qu'il y avait une France.

« Il n'a pas toujours été à sa propre hauteur, je sais. Mais il a toujours eu contre lui les pantoufles. Ce n'est pas rien. »

Un geste vague, qui semble signifier : peut-on reprocher aux hommes d'être malades?

— Bien entendu, vous connaissez Malmaison, mon général. Et vous, Madame?

— Oh oui!

Je ne crois pas avoir entendu dire : « Oh oui! » par une femme, depuis la supérieure du couvent de Villefranche à qui je demandais si elle possédait l'Évangile de saint Jean.

— La charmille sous laquelle le Premier consul jouait aux barres est encore là, dit le général.

— Il y avait, en face de la porte du jardin, un arbre entre les deux grandes branches duquel il avait vu son étoile, au retour d'Austerlitz. Quand il est allé à Malmaison après Waterloo, ce n'était évidemment pas en mémoire de Joséphine : elle y avait reçu le tsar. C'était, dit le général Bertrand, pour retrouver l'étoile, disparue depuis Smolensk. Napoléon raconte l'histoire sur le bateau qui l'emporte à Sainte-Hélène. " Mais, demande le capitaine, était-ce le même ciel? " Austerlitz a eu lieu le 2 décembre, et Waterloo, le 18 juin. L'empereur n'y avait pas pensé. Vous l'imaginez, distrait du ciel et oublié de lui, en silhouette sur les lampes du couloir de Malmaison, en train de chercher son destin disparu : et quelques jours plus tard, le *Bellerophon*. Le prince Napoléon, à qui j'ai raconté l'histoire, est allé revoir le jardin; mais l'arbre était trop vieux, on l'avait coupé...

— Qui pourrait retrouver son étoile, s'il se met à la chercher?

— " *Parlez-nous de lui, grand-mère — Parlez-nous de lui...* " Il a donné au peuple la possibilité d'accéder à l'aristocratie, le fameux bâton de maréchal dans la giberne. Mais ce qu'il appelait sa gloire, et qu'il mettait tellement au-dessus de lui-même, est d'une autre nature.

— Il a voulu faire des Français une

aristocratie, mais ils n'aiment que ça! Et par qui a-t-il été aimé, sinon par le peuple?

— Qu'est-ce que le peuple, mon général?

— La France.

Même phrase au temps de la seconde élection présidentielle dans le bureau de l'Élysée, avec les peintures qu'il appelait « les femmes nues dans les volubilis », l'énorme mappemonde, et les fenêtres qui encadraient la roseraie devenue solitaire.

— Bien entendu, je ne crois guère à la loi du nombre; mais les passions collectives existent aussi dans les minorités. Je préfère les passions de la France à celles du Conseil économique, ou de l'Académie française. Les multitudes ont eu de grandes passions, même bonnes! les corps constitués sont indispensables, mais les passions ne leur valent rien : ils les prennent pour la raison.

« Napoléon est devenu un homme de génie pour presque tous ses ennemis étrangers. Pour nous, je comprends : il affirme à la France qu'elle vaut mieux que ce qu'elle croit. Et nous, qu'avons-nous fait d'autre? Mais pour les Allemands? Le successeur de Charlemagne?

— Rien de plus mystérieux que la métamorphose d'une biographie historique en vie légendaire. Pourquoi César est-il l'une des plus grandes figures de l'Occident? Des victoires importantes mais non capitales, un grand gouvernement romain parmi d'autres... Mais il y a eu Plutarque. Et Shakespeare.

— Il les appelait, Pompée, non. Pas même Auguste. Les victoires ne sont pas contestables. Néanmoins, elles sont moins importantes qu'on ne croit. Le respect qu'inspire Turenne, plus que Condé, alors qu'aucune de ses batailles n'a l'importance de Rocroy, n'est pas clair. Maurice de Saxe, qui n'a pas perdu un seul combat, n'égale aucunement Napoléon, qui a fini vaincu. Les victoires qui ne sont que des victoires ne mènent pas loin. Il faut qu'autre chose entre en jeu. La nation (Jeanne d'Arc), le destin du monde, la signification confuse et symbolique de ceux qui font l'Histoire? Vous voyez ce que je veux dire... Quant à Napoléon, je me demande si les Français ne ressentent pas obscurément qu'à l'exception de Waterloo, il a été vainqueur lorsqu'il commandait l'armée française, et vaincu lorsqu'il commandait la Grande Armée, qui n'était plus française.

« Et votre projet de transfert du corps de l'Aiglon? »

J'avais jugé absurde que son cercueil semblât en rivalité avec ceux de nos grands capitaines, par la grâce de Hitler. Puisqu'il se trouvait aux Invalides, je souhaitais qu'il fût placé au pied du tombeau de l'empereur.

— Le transfert a eu lieu, je crois...

— On ne s'en est guère aperçu. Il est vrai qu'on ne s'aperçoit plus de rien.

« Pourquoi diable, reprend-il avec une curiosité indifférente, tant de compagnies d'assurances ont-elles pris l'aigle pour symbole?

— Parce que les principales étaient américaines, je suppose?

— C'est curieux, cette manie que les Français ont de l'étranger! Tous les soirs, la radio me parle de l'avenue du Président-Kennedy Il n'y a d'avenue Clemenceau ni à Washington ni à Londres, que je sache?

« A New York, c'est Johnson qui vous a reçu?

— En tant que vice-président. Fort dignement.

— Oui, oui... Bien qu'il ne prît pas la peine de faire semblant de penser.

— C'était au Waldorf, où, en 1944, les Américains avaient fait la haie pour vous applaudir...

— Ils m'ont envoyé des petits papiers dans je ne sais quelle avenue, comme des confetti. Un peuple passionné, et sans bassesse. Ce n'est pas mal.

— Vous vous souvenez de notre dialogue, lorsque vous êtes revenu des obsèques du président? Vous m'avez parlé de Mme Kennedy. Je vous ai dit :

" Elle a joué un jeu d'une grande intelligence : sans se mêler de politique, elle a donné à son mari un prestige de mécène qu'il n'aurait pas trouvé sans elle : le dîner des cinquante prix Nobel...

— Et le vôtre!

— ...c'était elle. Mais vous avez ajouté : " Elle est une femme courageuse, et très bien élevée. Quant à son destin, vous vous trompez : c'est une vedette, et elle finira sur le yacht d'un pétrolier. "

— Je vous ai dit ça? Tiens!... Au fond, j'aurais plutôt cru qu'elle épouserait Sartre. Ou vous!

Il retrouve son ton narquois, si différent de l'autre, et si singulier chez lui, car il ne semble jamais lié tout à fait à ce qu'il dit. J'enchaîne :

— Vous vous souvenez de leur passage à Cuba, avec les pancartes : Kennedy, non, Jackie, oui?

— Charles, dit Mme de Gaulle, si nous y étions allés, est-ce qu'il y aurait eu des pancartes : De Gaulle, non, Yvonne, oui?

Il répond rarement aux questions humoristiques. Et l'humour écarté, je connais sa bizarre perspicacité. Quand une de nos amies est entrée au Carmel, j'avais écrit un article d'adieu. Il m'a dit : « Ne le publiez pas : elle peut en sortir : elle n'a pas prononcé ses vœux. »

Elle en est sortie. Je lui demande :

— Quelle impression vous a faite Indira Gandhi?

— Ces frêles épaules sur lesquelles repose l'énorme destin de l'Inde — et qui n'en sont pas fâchées! D'ailleurs qu'importe? Croyez-vous que si nous avions eu la bombe atomique avant les Américains, nous aurions fait cette politique qui n'en est pas une? Bonaparte rejeté par le Directoire se serait peut-être mal arrangé avec le Grand Turc. Né un peu plus au Nord, Bourguiba serait maire de Marseille. Dans l'ensemble, les femmes pensent à l'amour, les hommes aux galons, ou à quelque chose de ce genre. Au-delà, les gens ne pensent qu'au bonheur — qui n'existe pas.

Je me souviens de sa phrase : « L'illusion du bonheur, d'Astier, c'est fait pour les crétins. » En même temps, de la phrase de Gide : « C'est très curieux, cher, le mal que j'ai à ne pas être heureux ! » Je réponds :

— Les femmes pensent à l'amour, sans doute. Mais... une femme sensible eût fait remarquer à Stendhal que cristalliser est un acte parmi d'autres, alors qu'être cristallisée, c'est bien intéressant...

Mme de Gaulle continue à s'amuser.

— Tout de même, Charles, vous leur avez donné le droit de vote.

— La France ne se divise pas.

— Et vous avez gracié toutes les condamnées à mort.

— Les femmes sont capables du meilleur et du pire. Donc, on ne doit jamais les fusiller.

Le ton signifie-t-il : elles sont irresponsables ? Imperceptiblement.

— Pourquoi la beauté féminine est-elle toujours, dans une certaine mesure, un masque? Les statues grecques, les tableaux italiens, le cinéma...

— Le maquillage... Celles que j'ai eu l'honneur de recevoir avec vous, Marlène, Ludmila Tcherina, Brigitte Bardot n'arrivaient pas à l'Élysée en bigoudis. Les artistes inventent le rêve, les femmes l'incarnent. Mais le christianisme seul a inventé l'Éternel féminin.

— Pourquoi? Malgré Goethe, je crois que vous avez raison. Je sens les choses ainsi. Mais je n'y ai pas réfléchi.

— Au problème lui-même, moi non plus, mon général. Mais j'ai tenté de comprendre comment la Vénus de Milo a pu devenir une Vierge gothique. Un premier événement m'a fait rêver. Lorsque l'Église pense que son destin dépend de Clovis, qui est arien, elle lui cherche une femme catholique. Loin, puisque Clotilde est une petite princesse suisse. L'Église ne cherche pas la plus belle, elle trouve la plus charmante. Les grandes hétaïres avaient été belles, brillantes, voire éclatantes, elles n'avaient pas été charmantes. Cette féminité qui semble se définir par la douceur... Beaucoup plus tard, le culte marial domine la chrétienté : presque toutes les cathédrales s'appellent Notre-Dame. Vous connaissez la théorie : les suzerains partis aux Croisades, les chevaliers — adoubés à treize ans — qui, jusque-là, ne connaissaient que leur mère, leurs sœurs, ou les paysannes avec qui ils couchaient, découvrent, avec la suzeraine qui désormais préside la table, une vraie femme de vingt-cinq ou trente ans, qui les tourneboule... Il y aurait beaucoup à dire! Il reste qu'il n'y a d'Éternel féminin que dans le monde chrétien. Mais son expression est inséparable du domaine religieux. Agnès Sorel dévoile son sein célèbre dans un portrait de Vierge. Le moment saisissant de la peinture, c'est celui où le peintre découvre l'Éternel féminin *contre* la Vierge.

— D'où, la gloire de *La Joconde?*

— C'est le seul tableau auquel s'assimilent les fous, même masculins, le seul sur lequel on tire. S'il n'était pas protégé par le verre à l'épreuve des balles qui le rend verdâtre, il serait troué depuis longtemps. Son voleur l'avait apporté à Gabriele d'Annunzio, épouvanté... La police, qui avait retrouvé le cadre, disposait des empreintes digitales et les a comparées à toutes. Mais le voleur, Perugio, n'avait pas travaillé au Louvre depuis six mois. Les policiers ne relevèrent pas ses empreintes, mais visitèrent, par principe, sa chambre. Et signèrent le procès-verbal sur un tapis de table sous lequel se trouvait le panneau; sans cadre, *La Joconde* est un panneau peu épais. Quand nous l'avons envoyé aux États-Unis, il est parti sur le *France*. On y distribuait les fleurs destinées aux passagères lorsque le paquebot a gagné la mer. Restait un bouquet de violettes de Parme, avec une enveloppe : " Pour Monna Lisa. " Journaliste astucieux, pense le capitaine. Mais la carte de visite était blanche...

« D'ailleurs, *La Joconde* n'est peut-être pas Monna Lisa, mais Constance d'Avalos, dont elle porte le voile de veuve — et plus vieille de vingt ans. Quel est son âge? On l'a accrochée dans la salle de bains de François Ier, de Louis XIV et de Napoléon : donc, en des temps où Léonard n'était pas à l'honneur. Et lui, qui a toujours éprouvé pour sa peinture un sentiment si trouble, a écrit : *Il m'advint un jour de peindre une figure réellement divine...* En son temps, la figure a certainement surgi comme une révélation, parce que la résurrection des formes antiques venait des statues, et que les statues n'avaient pas de regard, donc pas d'âme. J'ai dû dire, à Washington, quelque chose comme : " La mortelle au regard divin triomphe des déesses sans regard... "

« J'aurais pu ajouter que lorsque Léonard peint le Christ — dans la *Cène* — il ne tente pas de trouver son regard, et lui fait baisser les yeux... Le monde de l'art (ou du moins de la représentation) qui connaît le regard n'est pas du tout le même que celui qui l'ignore... Même lorsqu'il s'agit du regard intérieur, celui du bouddhisme...

— Une figure sans regard, c'est l'antiquité, le sommeil ou la mort.

— Vous aimez la sculpture grecque, mon général?

J'ai vu dans la bibliothèque les dos de quelques albums célèbres.

— Vous m'avez emmené inaugurer des expositions qui m'ont fait réfléchir, les Mexicains par exemple. La seule sculpture qui me parle, c'est celle du Moyen Age. Vous m'avez intéressé, quand vous avez écrit que le temps des Croisades sculptait des saints militaires, et jamais des chevaliers. Comment a-t-on inventé saint Georges, qui n'a pas existé? N'importe : cette sculpture-là, je le répète, me parle. Elle est la France, aussi. Les autres sont de l'archéologie.

« Tout de même, que fût devenu l'art grec, si la Grèce avait été vaincue à Salamine? »

Je connais ma réponse, mais je sais mal sur quoi je la fonde :

— Athènes a été écrasée par Sparte sans grandes conséquences pour son art... Tout eût quand même fini par Alexandre...

Il semble rejeter une rêverie, et dit :

— Oui. Et à l'aube, le loup mangea la chèvre de M. Seguin, qui avait combattu toute la nuit.

« L'accueil des États-Unis à *La Joconde* a été ce qu'ont dit les journaux?

— Le lendemain des discours, j'ai vu la foule de Washington, les négresses en vison qui tenaient par la main leurs petites filles à couettes, devant la Grande Icône... A New York, où l'on faisait queue pour la voir à partir de six heures du matin, un garçon de vingt ans arrive, sa canadienne bourrée comme par une mitraillette. Un détective se précipite, le palpe, et un petit chien jaillit : " Je voulais que Foxy soit le seul chien au monde qui ait vu Monna Lisa! " avoue le garçon désespéré...

Mme de Gaulle l'approuve.

— Nous leur enverrons encore des tableaux, dit le général, et ça n'aura plus le même sens... Mais votre premier voyage n'était pas celui de *La Joconde?*

« Je me souviens de vos dépêches de l'époque — ou plutôt, de celles de l'ambassadeur. Résumé sérieux, mais je savais que le président souhaitait s'arranger avec moi, et ne pas s'arranger sur l'Algérie. Après sa mort, après les années, que pensez-vous de votre dialogue?

— Il y en a eu plusieurs, assez différents. Le premier, n'en parlons pas. Notre ambassadeur m'accompagnait; le président ne voulait pas sembler changer d'avis, en quoi que ce fût, sur quoi que ce fût. Il était braqué plus que réfléchi, parce qu'à ses yeux vous existiez puissamment, et la France, pas du tout. Donc, pas d'accord sur le Congo, pas d'accord sur le Viêt-nam. Arrive, évidemment, l'Algérie. Il montrait une grande courtoisie, mais aussi une sorte de... d'acharnement.

Je lui ai dit : " Plus tôt ou plus tard, nous aboutirons à l'indépendance de l'Algérie. Avec nous ou contre nous. Alors, vous prendrez la relève en Afrique ou en Asie, et je vous souhaite bonne chance. " Il a d'abord pensé que je déraillais, puis il a fait un geste incertain, comme pour écarter la question. L'entretien était d'ailleurs terminé, puisque je n'avais rien à lui demander. Il a quitté le fauteuil articulé du Conseil, dans cette vaste salle où nous étions presque seuls, pour me reconduire, en me disant : " Bah! la grâce de Mme Kennedy effacera tout cela ce soir (il me recevait à la Maison-Blanche). Et nous ne parlerons pas de La Fayette! " Je lui réponds, suave : " Qui est ce gars? " Il éclate de rire, la double porte s'ouvre, et les photographes, à l'affût d'une mauvaise rencontre, prennent une photo où nous sommes hilares. En somme, Laurel et Hardy.

— Et le soir?

— Gentillesses. J'étais dans une pièce

à la table de Mme Kennedy, lui dans la pièce voisine, et nous faisions assaut de micro. Mme Kennedy avait fait ce qu'elle avait pu (c'était beaucoup) pour que cet entretien, dont il a dit ensuite : " Ç'a été assez dur ", parût enveloppé d'une sorte de chaleur... Avant le weekend et nos échanges de frégates (il adorait les maquettes de bateaux), il avait dit de moi : " Bon : c'est pour Jackie. "

— Elle vous a paru de bon aloi, dit-on?

Réapparition de l'œil de l'éléphant.

— L'aide qu'elle a apportée au président, en proclamant qu'elle ne s'occupait pas de politique, et en introduisant à la Maison-Blanche le domaine de l'esprit, ne me semble pas négligeable. Cela dit, vous la connaissez comme moi. Louise de Vilmorin, qui la connaît depuis beaucoup plus longtemps, dit : " Elle plaît sans déplaire, ce qui est rare. "

— Le voyage suivant fut celui de *La Joconde?*

— Là, aucun problème. La chaleur

américaine est profonde et sincère. Le président pensait que nous, Français, nous conduisions avec amitié. Et il y avait eu quelques événements, que vous connaissez mieux que moi. Il pensait que c'était vous, qui envoyiez *La Joconde*, mais que j'y étais bien pour quelque chose. C'était un homme sensible au style. Il m'a donc invité dans sa maison de campagne. Alors, après un charmant déjeuner de crabes mous et de je ne sais quoi...

— Qu'est-ce que c'est qu'un crabe mou? demande Mme de Gaulle.

— Tout ce que j'en sais, Madame, c'est qu'on le coupe comme s'il n'avait jamais eu de carapace.

— C'est très bon?

— Ni plus ni moins qu'un crabe ordinaire, le pittoresque en plus...

— C'est là, dit le général, que vous avez pu parler sérieusement? Curieux.

— Mon général, chez Robert Kennedy, un beau chien beige attendait les invités à l'entrée de l'allée; et son frère, tout noir, à l'entrée de la maison. Quand j'ai dû prononcer mon toast, j'ai dit : Soyez remercié de nous avoir fait accueillir par un chien qui a compris qu'il devait se mettre en smoking... Allégresse générale. Les États-Unis ne sont pas protocolaires, et j'ai souvent parlé plus sérieusement avec les Américains dans cette sorte de cordialité, que dans ce que l'Europe appelle le sérieux.

« Le président revenait en avion d'une réunion où il attendait deux ou trois mille personnes. Il y en avait trois cent mille. Il me dit : " D'après mes informations, c'est comme ça chez vous avec le général de Gaulle; pourquoi? " Parce que les disques ont fait que le public s'est rué sur les musiciens, alors que l'on affirmait qu'ils détruiraient leur audience. Et vous, vos moyens de diffusion sont bien autres que des disques...

« C'est alors que nous nous sommes mis enfin à parler de la France. Je lui ai dit que nous avions été maintes fois envahis, ce qui n'était pas arrivé aux

États-Unis. Et qu'avant de parler de la politique intérieure de la France, il fallait poser qu'un gouvernement qui, chez nous, n'assurait pas la défense nationale, ne pouvait avoir qu'une légitimité *apparente*. Je suppose que vous lui aviez dit cela bien avant moi...

— Pas tout à fait ainsi : que vous a-t-il répondu?

— Plus courtoisement que je ne le résume, il m'a dit : la défense de l'Europe, c'est nous. A quoi j'ai répondu à mon tour que la défense nationale était la volonté de se défendre, qu'il s'en était aperçu avec Mao, et s'en apercevrait au Viêt-nam. Il a réfléchi, puis il a dit : " La France est un drôle de pays : ses malheurs après les victoires qui en avaient fait au xviie siècle le premier pays d'Europe, sa marine reconstituée, l'aide qu'elle nous a donnée, la Révolution, Napoléon... 1940, et aujourd'hui le général de Gaulle... " Je lui ai dit que c'était un pays profondément irrationnel, qui ne trouvait son âme (vous connaissez mon dada) que lorsqu'il la trouvait pour les autres : les Croisades, et la Révolution bien plus que Napoléon. Je disais que l'Angleterre n'était jamais plus grande que lorsqu'elle se retrouvait seule, et que la bataille d'Angleterre, en 1940, était sans exemple depuis Drake — alors que la France n'était grande que lorsqu'elle l'était pour le monde...

— Il y a un pacte vingt fois séculaire entre la grandeur de la France et la liberté des autres, dit le général.

— Je savais bien ce que pensait le président : les États-Unis ne peuvent fonder leur politique européenne sur la France, et ils ne peuvent pas tenir la France pour négligeable, parce que les Français sont toujours capables d'inventer on ne sait quoi : ils ont bien inventé le général de Gaulle!... Kennedy a enchaîné sur les États-Unis, et je lui ai dit ce que je vous ai dit jadis à vous-même — et que j'ai eu l'occasion de dire à Pékin, au ministre des Affaires étrangères : " Les États-Unis sont la seule nation qui soit devenue la plus puissante du monde sans l'avoir militairement cherché. Alexandre voulait être maître du monde (enfin, du sien!), César aussi. Les États-Unis ont, à l'occasion, voulu une domination économique : c'est radicalement différent. Mais maintenant qu'ils possèdent cette puissance colossale, il s'agit de savoir ce qu'ils vont en faire. '' J'ai eu l'impression de rencontrer sa propre pensée. Il désirait instinctivement régler les problèmes de l'Europe et de l'Asie par la décision des États-Unis; et c'est pourquoi il m'avait irrité la première fois. Je crois à la puissance des États-Unis, mais je crois que la puissance est une chose, et que l'Histoire en est une autre. Carthage était puissante.

— Ne vous trompez pas : il voulait maintenir à tout prix la situation dominante des États-Unis dans la défense de l'Occident. Et je ne suis pas sûr que malgré sa valeur, il n'ait pas accepté la comparaison, chère aux naïfs, entre les

États-Unis d'Europe et les États-Unis d'Amérique, alors que ceux-ci ont été créés à partir de rien, sur une sorte de Sibérie fertile, par des flots successifs de colons déracinés. Si les États-Unis deviennent consciemment maîtres du monde, vous verrez jusqu'où ira leur impérialisme.

— Je me souvenais alors de la phrase angoissante du président Eisenhower : " Je ne me présenterai pas devant Dieu avec du sang sur les mains. "

— Le sang sèche vite.

— J'ai dit à Kennedy, avec une apparente distraction : " Vous êtes maintenant contraints à une politique mondiale, au moins comme Rome a été contrainte à une politique méditerranéenne. Depuis le plan Marshall, quelle a été la politique mondiale des États-Unis? " Et j'ai eu le sentiment qu'il voulait réellement assumer l'Histoire, porter l'énorme responsabilité des États-Unis, dont il était fort conscient. Sans doute l'eût-il fait...

« Je pense que c'est en lui déclarant qu'il en avait la charge, que vous avez établi la relation profonde que rien n'a détruite.

« Ce politicien habile était séparé des politiciens par ses brusques colères, quand l'État entrait en jeu. Vous vous souvenez de la télévision : " Mon père m'a toujours dit qu'en face du pays, les industriels se conduisaient comme des fils de putains! " Peut-être le danger était-il déjà là ; mais de toute évidence, il avait décidé de n'en tenir aucun compte...

— Vous savez bien, reprend le général, que le courage consiste toujours à ne pas tenir compte du danger. Et puis, il faut mourir assassiné ou foudroyé.

Il hausse les épaules.

— ... La destruction d'un grand dessein? Possible. Quand César a été tué, il tenait la liste des conjurés dans sa main, et ne l'avait pas lue. Ce pauvre président m'a parlé de Lincoln d'une façon qui m'a frappé. Il espérait le retrouver dans la vie, il l'a retrouvé dans la mort. Et peut-être aura-t-il suffi de la distraction, un peu complaisante, d'un obscur commissaire de police de Dallas, pour infléchir l'histoire du monde.

— Il me semble que le président est mort le jour de votre anniversaire? Le destin joue tout seul son jeu mystérieux : Shakespeare est né l'année de la mort de Michel-Ange, et le soleil se couche au milieu de l'Arc de triomphe le jour anniversaire de la mort de Napoléon, qui ne l'a jamais vu... Le dernier acte officiel de Louis XVI est la nomination d'un lieutenant d'artillerie qui s'appelait Buonaparte...

« Donc, après les considérations historiques, le président m'a dit, d'une façon abrupte : " La Chine va avoir la bombe atomique. Devrions-nous intervenir dès maintenant? " Il n'attachait aucune importance à mon avis, mais il pensait que je ne parlerais pas comme ses conseillers américains, et que je lui apporterais un

autre domaine de réflexion. Et il attendait sans doute de ma réponse un écho
de ce que vous pensiez.

— Si je me souviens bien, vous
lui avez dit que la Chine n'aurait
pas la bombe atomique avant un an ?

— Ce qui fut vrai. Mais ce que je n'ai
pas compris, ce que je n'ai pas compris
plus tard, quand j'ai parlé aux Chinois,
c'est : pourquoi concevoir l'intervention
américaine comme une guerre (les Américains n'auraient pas débarqué en Chine)
au lieu de penser que l'écrasement des
quelques centres industriels chinois eût
suffi à ramener la Chine de cinquante ans
en arrière? Je suppose qu'il me posait
la question que lui posait le Pentagone.
Je lui ai répondu, en effet, qu'il avait
plus de temps qu'il ne croyait; et j'ai
ajouté (avec des gants...) qu'il n'inter-
viendrait pas.

Le général se tait. Se demande-t-il une
fois de plus ce qu'il aurait fait, lui, s'il
avait disposé de la puissance américaine

et de la bombe atomique? Pense-t-il à la Russie? La neige tombe, comme sur la Cité Interdite.

— Kennedy a certainement voulu une action historique, pour lui et pour les États-Unis. Mais ce n'était pas rien que de concevoir l'action du plus puissant pays du monde, sans la concevoir comme un impérialisme...

— Je vous ai dit ce que j'en pensais.

Il esquisse le geste par lequel il semble vouloir tout chasser, et d'abord la vie

— Vous avez eu l'occasion d'assister à leurs grandes réunions de hippies?

— Je crois qu'elles ont eu lieu surtout en Californie...

— Que veulent-ils réellement?

— Un mode de vie... Leur idéologie, celle des groupes qui les ont précédés ou qui les suivent, ne me semble pas essentielle : les zazous se réclament de l'existentialisme, les hippies de Gandhi, et les contestataires de Che Guevara...

— Celui-là est plus un personnage de

vos romans que des leurs. Vous savez comment il est mort?

— J'en sais ce que m'ont raconté les Russes, et à quoi vous faites sans doute allusion. Il était dans le maquis avec sa maîtresse russo-argentine, agent russe, dont on a dit qu'elle l'avait livré?

— Mais c'était faux.

— Mais c'était faux. Elle n'avait cessé de lui suggérer d'organiser des dynamiteurs des mines, et de leur subordonner les villages, plus ou moins noyautés par les services américains. Mais il avait ses souvenirs de Cuba, et ses illusions maoïstes... Grâce à cette femme, et seulement grâce à elle, les services russes ont pu le protéger quelques mois. Puis elle a reçu cinq balles dans le ventre lors d'un engagement de maquis, elle est morte, et il a été livré onze jours plus tard...

— C'est à peu près ce qu'on m'a raconté. Vous disiez que le problème fondamental, au sujet de la jeunesse, était celui de l'autorité. Mais ce n'est pas le seul.

— Il y a le nihilisme. L'étudiante de Nanterre qui déclare : quand vous savez ce que vous voulez, vous êtes déjà embourgeoisée, est évidemment révélatrice. Les personnages des *Possédés* auraient parlé comme elle.

— Qu'oppose-t-elle à : savoir ce qu'on veut?

—L'instinct. Les événements de Mai sont nés de la conjonction d'une révolte communiste — syndicale — prudente, et d'une révolte irrationnelle de la jeunesse. Liée au romanesque historique, comme partout.

— Pas en Russie.

— Depuis les marins de Cronstadt, le romanesque anarchisant n'a plus cours en Union Soviétique...

— Les nihilistes russes tuaient.

— Le tsar les tuait aussi. Le sérieux a beaucoup diminué... Et puis, les Russes étaient chastes, et ne se droguaient pas. Il y a, dans l'aventure actuelle, tout un domaine physique. Elle est une compensation. La Révolution était réellement, pour les nihilistes, une valeur suprême, avec laquelle ils communiaient, comme vous venez de le dire, par l'action. La Révolution dont rêvent nos nihilistes appartient à ce que j'ai appelé l'illusion lyrique. Ce qu'ils opposent à la société de consommation, au moins incertaine chez nous, ce n'est pas une autre société, c'est leur indignation. Mais l'indignation n'est pas une valeur suprême. Un garçon de vingt ans, qui achevait une enquête parmi les étudiants, m'a dit : il y a quelque chose de plus important que les hippies et les contestataires, c'est la quantité de jeunes qui disent seulement : " Qu'importe? " L'ambition a toujours existé, mais la bourgeoisie du xixe siècle et ses héritiers, les États-Unis, ont fait d'elle, la passion capitale. Peut-être sommes-nous en face d'un immense reflux de l'ambition? A peine dix pour cent des étudiants sont politisés...

— Toujours les pantoufles. L'indignation, l'indifférence, la fraternité... " Je veux être président d'une république fraternelle ", disait le pauvre Auriol : pour devenir maître, le politicien se pose en serviteur. Dans le monde entier, nous allons retrouver le temps des gens de bonne volonté, qui n'ont que de la bonne. Le temps a passé; le destin aussi. En 1914, j'ai connu une jeunesse prise par la curiosité qui précède les premières batailles, et pourtant elle sentait venir la moissonneuse. Elle est morte.

« Les États-Unis ont cru passionnément que la démocratie réglerait tout, et les voilà en face d'un problème qu'elle ne réglera pas. Leur démocratie, c'est l'égalité; c'est aussi un sentiment qui met les démocraties anglo-saxonnes et scandinaves au-dessus des nôtres : un culte de la Loi. Et la Loi, c'est tout de même l'État. En politique, en religion, les Latins n'ont jamais bien su quand ils étaient Rome, et quand ils faisaient semblant. C'est vous, qui avez dit que Rome était le contraire de l'agitation méditerranéenne? »

III

Dans le salon aux fauteuils de cuir, où nous allons prendre le café, Grigri est couché sur un fauteuil. Les nuages se sont accumulés, et la pièce devient sombre. Le général me dit avec un peu d'ironie :

— C'est vous qui avez imposé le mot gaullisme, non? Qu'entendiez-vous par là, au début?

De nouveau, le ton a changé. Plus question de chats, ni de la distraction familière avec laquelle il parlait de Guevara, et même de Napoléon. Comme aux déjeuners intimes de l'Élysée, l'entracte est fini.

Je réponds :

— Pendant la Résistance, quelque

145

chose comme : les passions politiques au service de la France, en opposition à la France au service des passions de droite ou de gauche. Ensuite, un sentiment. Pour la plupart de ceux qui vous ont suivi, votre idéologie ne me paraît pas avoir été capitale. L'importance était ailleurs : pendant la guerre, évidemment, dans la volonté nationale; ensuite, et surtout depuis 1958, dans le sentiment que vos motifs, bons ou mauvais, *n'étaient pas ceux des politiciens.*

— Quand j'ai vu les politiciens rassemblés pour la première fois, j'ai senti aussitôt, sans erreur possible, leur hostilité à tous. Ils n'ont aucunement cru à ma dictature; mais ils ont compris que je représentais l'État. C'était la même chose; l'État est le diable, parce que s'il existe, eux n'existent plus. Ils perdent ce à quoi ils tiennent avant tout, et qui n'est point l'argent, mais l'exercice de leur vanité. Ils l'ont tous en abomination.

— Vous ne leur facilitiez pas la vie :

ils promettaient des cadeaux, vous promettiez des sacrifices. Il reste que les Français sont antimonarchistes, et l'organisation de l'enseignement primaire depuis la IIIe n'y est pas pour rien ; ils sont aussi antipoliticiens, souvent pour de mauvaises raisons, car, quoi qu'on en dise, j'ai peu rencontré la corruption... Guy Mollet m'a dit qu'il ne possédait pas huit cent mille francs de l'époque. C'était certainement vrai. (A propos : quand son ministère et le mien se trouvaient en face de Matignon, j'avais l'ancienne salle des mousquetaires, ce qui était flatteur, et lui, l'ancienne salle des chanoines...)

— Je reconnais que les grands politiciens sont plus intègres qu'on ne le dit ; reconnaissez qu'ils aiment beaucoup les palais nationaux. Quand Herriot est venu, la conversation n'a pas duré cinq minutes avant qu'il expliquât qu'il devait reprendre l'hôtel de Lassay : la présidence de la Chambre. Je n'étais pas

147

d'accord, puisqu'il n'était pas président de l'Assemblée. Il ne me l'a pas pardonné.

— Il me semble que les Français n'estiment longtemps que les politiques voués à quelque chose : la France, la Paix, — Clemenceau, Briand; même Poincaré, à cause de la guerre. Ceux qui ne se définissent pas par un mélange d'ambition et d'administration. Ceux qui ne sont pas des politiciens. Vous vous souvenez de la foule debout, quand j'ai répondu à je ne sais quel minable qui vous attaquait : " L'homme qui, dans le terrible sommeil de notre pays, en maintint l'honneur comme un invincible songe! " Et il n'y avait pas là que des amis.

— Oui. Il en sera ainsi quand je serai mort, vous verrez. Pourquoi?

— Vous avez fait aux Français un don qu'on ne leur fait guère : élire en eux leur meilleure part. Légitimer le sacrifice est peut-être la plus grande chose que puisse faire un homme. Les communistes aussi l'ont fait pour les leurs. Pas les autres.

— Encore valait-il mieux être Salan devant nos tribunaux, que Toukhatchevski — innocent, lui! — en face de ceux de Staline. Mais je reconnais que si bien des soldats de l'an II sont morts pour la République, personne n'est mort pour le parti radical. Et que la France va de nouveau se politiser.

— Votre France n'a jamais été du domaine rationnel. Comme celle des Croisades, celle de l'an II. Pourquoi les braves types de l'île de Sein sont-ils venus vous rejoindre? Pourquoi vous avons-nous suivi? Vous disiez qu'à la fin nous serions peut-être vainqueurs; nous pensions aussi que nous serions d'abord morts. Les gaullistes de gauche ont réellement espéré que tôt ou tard vous feriez, dans le domaine social, ce qu'ils n'attendaient plus des communistes ni des socialistes; mais ils ne vous ont pas suivi pour cela. En 40, la justice sociale était dans la lune; Staline, l'allié de Hitler, et Hitler à Paris. Les communistes sont venus avec nous, plus tard, avec soulagement : la défense du prolétariat écrasé s'accordait à celle de la France écrasée.

— Et à celle de la Russie.

— Ce qui a empêché le gaullisme de devenir un nationalisme, c'est sa faiblesse. Votre force a tenu à ce que vous n'aviez rien. Il n'y a pas eu que les gaullistes, pour vous suivre. Si j'en juge par les journalistes qui viennent m'interroger, un domaine capital de la France combattante et de la Résistance va disparaître, a déjà disparu : c'est l'antifascisme. Vous êtes le dernier chef antifasciste d'Occident. La plupart des anciens combattants d'Espagne, espagnols ou français, qui vous ont suivi au temps du pacte germano-soviétique, continuaient leur combat. Ils ont d'ailleurs été stupéfaits de ne pas retrouver Franco entre Hitler et Mussolini.

— Il est bon que vous citiez les étrangers, car vous parlez de la Résistance politique, non de la Résistance nationale, sans laquelle l'autre n'aurait pas pesé lourd!

— Mais ils ont continué le combat avec nous, plutôt que de rejoindre l'armée américaine. Ce qui a tout de même un sens. Je ne crois pas qu'un historien futur puisse interpréter le gaullisme en termes seulement politiques, ni même, seulement nationaux. Le communisme, c'est le prolétariat, mais aussi une volonté de justice qui n'est pas seulement marxiste; le gaullisme a été la France, mais aussi quelque chose de plus. Quand un de mes amis anglais est arrivé à Calais, en 1945, le comptoir du bar où il était entré était surmonté d'une grande photo de vous : " Vous êtes gaulliste? demande-t-il au patron. — Oh, vous savez, moi, la politique! Mais après tout, un homme ne dure guère plus de trente ans, et celui-là vaut mieux que les autres... " Le hasard m'a fait passager de la première croisière privée de *La Marseillaise*, vers 1950. Il y avait eu la croisière des ministres de la IVe. Je commande un vin, je m'aperçois que le sommelier devra le chercher au diable, je

change ma commande. Le sommelier sourit tristement : " Vous avez changé pour
ne pas m'envoyer dans la cale, n'est-ce
pas? Mais je vais y aller. Je suis content
de vous servir. Pour notre pays, un grand
écrivain, c'est bien. Pas eux. " L'une des
raisons, mon général, pour lesquelles on
me regarde comme une sorte de gaulliste
symbolique, c'est que je ne me suis jamais
fait élire. Quand vous m'avez dit, mi-figue,
mi-raisin : " Ah! soyez ministre! ", je vous
ai demandé : " Pour quoi faire? " Dans
le gaullisme, il y a ce qui s'explique, et
ce qui ne s'explique pas. Le meilleur titre
dont on vous ait fait hommage, c'est tout
de même celui de Soustelle : *Envers et
contre tout*. Vous étiez seul le 18 Juin, et
vous l'êtes aujourd'hui. Peut-être fallait-il
qu'il en fût ainsi...

— J'ai eu tout le monde contre moi,
chaque fois que j'ai eu raison.

— Vous dites que les soldats de l'an II
ne seraient pas morts pour le parti radical,
mais nos morts des camps d'extermina-

tion ne seraient pas morts pour l'élection
du président de la République au suffrage
universel — et je prends l'exemple le plus
haut.

Ce qui l'intrigue chez moi, c'est la manie
logique. Il n'y a pas de commune mesure
entre son rôle épique et mon rôle; mais
s'il a le génie de l'instinct, il a aussi le
goût de la rigueur. Je me souviens de sa
surprise lorsque, au sujet de la dévalua-
tion, j'ai dit au Conseil ce qu'il pensait.
Il parlait toujours le dernier. « Je voudrais comprendre pourquoi le gaullisme,
qui ne peut être que la défense du pays
contre les spéculateurs, — comme il l'a été
contre tant d'autres— accepterait la déva-
luation, lorsque les spécialistes affirment
que nous pouvons l'écarter... » Et d'une
façon plus trouble, lorsque j'ai dit : « Le
destin de la France ne peut supporter la
guerre d'Algérie que si elle finit par un
accord. » Et aussi, au mois de mai 1968 :
« Aller aux Champs-Élysées nous engagera
dangereusement, si nous ne sommes pas

assez nombreux. Mais peut-être serons-nous un million, et nous devons le tenter.» Il n'avait pas besoin de moi pour le penser, mais il était content de l'entendre.

Il regarde la table aux patiences. Il ne croit évidemment pas aux cartes. Pourquoi l'amusent-elles?

— Nous avons contrôlé pendant plusieurs mois, dit Mme de Gaulle, les réussites et les pas-réussites : c'est toujours la même proportion.

Le général relève les yeux. Il y a dans son regard, comme dans sa voix, la pesante lenteur que je connais :

— Et plus tard, qu'adviendra-t-il de tout cela?...

Encore la télépathie. Plus tard veut dire : quand je serai mort. Se demande-t-il ce qu'il adviendra de la France, ou de lui-même? Tantôt il pense : « Il se peut que ce soit fini » et tantôt : « La France étonnera encore le monde. » Il m'a dit naguère, avec moins d'orgueil que d'obsession : « Si un nouveau sursaut doit se produire, il continuera ce que j'ai fait, et non ce qu'on aura fait après moi. » Pense-t-il à son destin? (Sa vie ne l'intéresse plus.) Une image de la volonté française? Après tout, Clemenceau l'a été. Dans la bibliothèque, j'ai vu le dos tricolore de *Grandeur et Misère d'une victoire*. Je demande :

— Que pensez-vous maintenant de Clemenceau?

Il me répond avec distraction :

— Il les méprisait trop. Mais il croyait au destin. Vous vous souvenez du dialogue : " Franchet d'Esperey a eu de la chance! dit Lloyd George. — C'est déjà bien : tant de gens n'en ont pas! " Je ne suis pas sûr que la baraka existe; le contraire existe sûrement.

« Sa rage exprime la France : c'est en 18 — vous rendez-vous compte! en 18 — qu'il répond par l'interruption fameuse que l'on croit aujourd'hui son premier discours de président du Conseil : " En politique extérieure, je fais la guerre; en politique intérieure, je fais la guerre; la Russie nous trahit, je fais la guerre. Je me battrai devant Paris, dans Paris, derrière Paris. Et ça suffit. " C'était bien. Il connaissait les Français. Souvenez-vous du paysage qui s'étendait devant vous ce matin. C'est une position imprenable. Vercingétorix l'a perdue. Il devait recevoir tous les jours des syndicats et des contestataires.

— Clemenceau a sérieusement essayé de régler la question...

— Avec quel résultat? La chasse au tigre?

— Zaharoff, qui lui avait donné sa Rolls, ne prenait pour collaborateurs que des gens qu'aimaient ses chats. Les malins mettaient de la valériane au bas de leur pantalon. Peut-être est-il plus facile de séduire les chats que l'Histoire... Qu'en penses-tu, Grigri?

— Il est étonnant que Clemenceau, si longtemps politicien, ait pu tout à coup cesser de l'être. L'Histoire transforme les hommes. Enfin, de temps en temps. Mais il avait conservé ses colères. Il est mort dans la haine de Foch, avec qui il avait réglé ses comptes, et de Poincaré, avec qui il ne les avait pas réglés. Philippe Berthelot, qu'il a beaucoup défendu contre Poincaré, lui avait dit un jour : " Vous êtes vraiment trop méchant, Monsieur le Président! " Réponse : " J'ai eu une femme, elle m'a fait cocu. Des enfants, ils m'ont abandonné. Des amis, ils m'ont trahi. Il me reste ces mains malades, et je ne quitte pas mes gants; mais il me reste aussi des mâchoires : je mords. " Berthelot ajoutait : " Il me faisait penser au général Dourakine : toujours en colère, mais on ne savait pas pourquoi. " Paroles bien parisiennes... Mais Clemenceau avait osé dire aux députés : " Chassez-moi de la tribune, si ce que vous demandez n'est pas au service de la France, car je ne le ferai pas! " Et au président Coolidge : " Venez lire dans nos villages la liste sans fin de nos morts, pour comparer! " Et, à personne : " Je voudrais simplement que le peuple français osât compter sur lui-même, et c'est précisément le spectacle qui m'est refusé. Les Français ont été sublimes, ils ne le savaient pas; ils sont redevenus médiocres, ils ne le croient pas. "

Le vent qui s'est levé fait tournoyer la neige comme elle tournoyait sur le jardin de *La Lanterne*, lorsque je notais les phrases de la voyante qui avait découvert une tache sanglante sur un tissu antique, sans savoir que ce sang était celui d'Alexandre.

— Thémistocle, dis-je, est mort au service de la Perse...

« Claude Monet citait de Clemenceau une phrase assez fière : Honneur à ceux qui ne baissent pas les yeux devant la destinée!

« Vous avez connu Poincaré, mon général?

— J'étais à la gare de l'Est, en 1914, quand il est venu assister au départ des premiers trains militaires. Personne n'a applaudi, mais tous les civils se sont découverts. Le passage de la mort. Noble.

Je pense au capitaine de Gaulle dans cette cour de la gare de l'Est où j'ai rendez-vous, ce soir. Aussi, aux lanciers que j'ai vus tourbillonner dans la nuit des Ardennes, le lendemain de la déclaration de la guerre en 1914.

L'avenir sera-t-il d'accord avec le patron du bar de Calais? Staline ressuscite Pierre le Grand, et ce sont nos républicains, Michelet d'abord, qui ont ressuscité Jeanne d'Arc. Les analyses rationnelles sont fragiles. La radio? Suffisait-il d'y exposer des choses justes, pour que Roosevelt malgré son hostilité, Hitler peut-être, comprissent que le cadavre de la France pouvait ressusciter? Qu'eût apporté la radio, au général Giraud? Comment eût-il dit : « La France gît à terre; mais elle sait, elle sent, qu'elle vit toujours d'une vie profonde et forte... » Comment définir l'action historique de Gandhi, par son action politique? A quel point l'Histoire qu'incarne le général porte l'accent du destin! Que fût-il advenu si, après l'entrevue de Bordeaux, Herriot avait accepté de se réfugier à Londres? Si Noguès avait accepté le commandement de la France libre, si Vichy n'avait pas mis la franc-maçonnerie hors la loi, faisant ainsi basculer la moitié de l'Afrique française chez les gaullistes? Si Pétain avait pris l'avion pour Alger? Si Hitler avait eu la bombe atomique (qui l'obsédait) avant les Américains? L'habileté politique du général de Gaulle n'a pas gouverné son destin. Celui de Saint-Just, de Jeanne d'Arc, de Frédéric II (le miracle de Brandebourg...), de Mao, m'a toujours troublé comme celui de personnages protégés. Deux hommes auraient pu barrer la voie à Bonaparte : Saint-Just a été guillotiné, Hoche empoisonné.

Au Petit-Clamart, il s'en est fallu de peu. Le général l'a regretté, je crois.

En 1958, j'ai assumé quelque temps la charge de sa sécurité. Nous savions qu'on devait tirer sur lui d'une des maisons des Maréchaux, place de l'Étoile, lorsqu'il serait au garde-à-vous devant l'Arc de triomphe, pendant *La Marseillaise*. Quand j'entrai dans le bureau de Georges Pompidou, alors directeur du cabinet, il disait à un interlocuteur aux cheveux blancs : « On a assassiné peu de rois de France : Henri III, Henri IV... — Oui, mais ce sont ceux qui voulaient rassembler les Français... », répondit doucement l'interlocuteur en prenant congé. « Qui est-ce? demandai-je. — Le préfet de police. »

— Quoi qu'il advienne, mon général, s'il advenait quelque chose de nos adversaires, depuis les âmes sensibles des *Deux-Magots* jusqu'à vos ennemis politiques, Dieu serait bien étonné...

— Quels adversaires? Les communistes qui vont de la Bastille à la Nation, les socialistes qui ne vont nulle part? Les syndicats, comme s'ils pouvaient refaire la France? Tout ça et Ferdinand Lop, c'est la même chose, parce que c'est la même impuissance : fière, en quel honneur? de la force de Mao Tsé-toung ou de l'héroïsme de Guevara. La Longue Marche pour arriver au stade Charléty? Ce n'est pas sérieux.

— Plus, le comique. Au moment du référendum, mon chef de cabinet, Français libre, dit à l'un de nos directeurs, antigaulliste, avec suavité : " Malheureusement, si Malraux s'en va, il faudra renoircir les monuments! — Oh, répond l'autre, nous ferons un plan! " Combien de lettres d'injures mon cabinet a-t-il reçues, pour avoir dilapidé l'argent des contribuables à changer la couleur de Paris, en détruisant la précieuse patine des siècles — alors que les pierres de Paris, comme celles de Versailles, se patinent en orangé, jamais en noir. Anthologie des idiots. Enfin, on ne vous a pas remplacé par M. Poher. Quant à vos successeurs...

— Je n'ai pas de successeurs, vous le savez. Les communistes ne croient plus assez au communisme, ni les autres à la Révolution. C'est trop tard. A force de mentir pour revendiquer la démocratie, ils sont devenus démocrates! Ils veulent menacer le pouvoir, et ils ne veulent plus le prendre.

« Je ne vois pas pourquoi un système économique, qui s'appelle le communisme, ne serait pas meilleur qu'un autre, qui s'appelait le capitalisme? Je n'aime pas les " ismes ". Mais enfin le capital, c'est clair, la libre entreprise aussi. Je comprends l'Américain qui dit que les Postes devraient devenir des sociétés privées, comme le téléphone. Je comprends moins bien comment la libre entreprise ferait la Sécurité Sociale; elle nous répondra qu'elle devrait pouvoir s'en passer. Soit. Mais si elle devait opposer une bombe atomique, qu'elle eût été incapable de créer, à celles de l'État soviétique, et même chinois, je ne donnerais pas cher de la libre entreprise. Trêve d'enfantillages. Je ne vois pas pourquoi je n'aurais pas parlé avec les communistes, quand ils faisaient partie de la France et n'y créaient pas une sorte d'île, vous voyez? Quand j'ai dit à Thorez : " Vous avez choisi. Je vous comprends, mais vous avez choisi. Moi, je n'ai pas le droit de choisir ", il n'a pas été d'accord, évidemment, mais il a compris, lui aussi. La conception de la lutte des classes est une conception puissante, je n'en disconviens pas — mais contraire à ce qu'il y a de plus profond en moi : je ne veux pas opposer, même pour triompher, je veux *rassembler*. Lors de la Libération, je l'ai fait. C'est pour cela que je ne serai jamais monarchiste, quoi qu'en disent les agités. Il n'y a pas de rassemblement possible de la France autour de la famille royale. Il n'y a pas plus de rassemblement possible autour de la classe ouvrière, en train de s'effriter. Déjà les communistes n'avaient que le mot " concret " à la bouche, alors qu'ils sont (je parle des communistes français) le parti le plus romanesque du monde. Très fiers d'une propagande qui leur a enseigné que l'on peut convaincre de tout, en détail, ceux qui sont convaincus de tout, en bloc. Ils n'oublient qu'une chose : ça n'a pas d'importance. *L'Humanité* dit que j'ai rejoint Thorez dans la Résistance. Cambrioler des mythes est inutile, parce qu'un mythe devient sans action lorsqu'il se sépare de ce qui lui a donné naissance.

« Chez nous, on ne peut rien fonder de durable sur le mensonge, c'est un fait troublant et certain. Mais malgré l'apparence, le communisme russe est le moins imposteur, parce que la résurrection de la Russie, elle, n'est pas un mensonge.

— Et parce que le problème social existe.

— Peut-être le communisme est-il en train de devenir ce que deviennent toujours les partis : un mythe au service d'une société d'entraide. Faisons-nous donner des pneus par la municipalité au nom de la misère du peuple. L'avenir n'est ni eux, ni nous, ni les autres. Nous devions faire ce que nous avons fait; mais l'avenir est ce qui n'existe pas encore. Comme le christianisme pour les philosophes romains.

« Vous savez, les Français ont toujours eu du mal à se débrouiller entre leur désir des privilèges et leur goût de l'égalité. Mais au milieu de tout ce joli monde, mon seul adversaire, celui de la France, n'a aucunement cessé d'être l'argent.

« J'ai eu les intellectuels avec moi, mais ils sont devenus des équilibristes, comme lorsqu'ils faisaient des épigrammes sur Rossbach en l'honneur de Frédéric. Le talent n'est pas souvent le garant de la justesse des idées. Et la grève de la radio, en Mai! Qui a fait grève pour la France dans cette maison, en des temps sérieux!

— Les intellectuels ne sont pas seulement les clients des *Deux-Magots* et les abonnés de *L'Observateur*.

— Même ceux-là avaient été avec moi.

Vous avez écrit que les " âmes sensibles "
n'étaient ni nées ni mortes en 1788, et
que toute histoire était inséparable d'un
romanesque historique. Nos âmes sensibles m'ont proclamé maurassien lorsque
je rétablissais la République, colonialiste
quand je créais la Communauté, impérialiste
quand j'allais faire la paix en Algérie.
Vous voyez Maurras se battre pour imposer l'élection du président de la République au suffrage universel? Vous voyez
la " droite ", ravie des nationalisations,
de mes décisions relatives à l'Algérie,
et de notre Sécurité Sociale? En 1958,
vous savez bien que nous étions fascistes.
Vous vous souvenez d'une phrase qu'on
vous a attribuée : " Quand a-t-on vu
une dictature en ballottage? "

— J'avais dit aussi : quand a-t-on vu
un dictateur que la presse ne cesse d'atta-
quer? Si les historiens faisaient votre
histoire à travers la presse, ce serait
épatant.

Le 4 septembre, place de la République,

j'avais prononcé le discours qui introduisait celui où il exposait sa Constitution. Les cris hostiles venus de loin se perdaient dans la place, pendant que le général disait : « Alors, au milieu de la tourmente nationale et de la guerre étrangère, apparut la République! Elle était la souveraineté du peuple, l'appel de la liberté, l'espérance de la justice. Elle devait le rester à travers les péripéties agitées de son histoire. Aujourd'hui, plus que jamais, nous voulons qu'elle demeure! » C'est alors que les ballons d'enfants montèrent nonchalamment dans l'après-midi d'été, porteurs de banderoles qui affirmaient, en ondulant, que le fascisme ne passerait pas.

— Les grands écrivains français du xviiie siècle ont été prophètes, reprend-il, mais ce qui a commencé en tragédie finit une fois de plus en comédie. Dommage! D'abord parce que les intellectuels, même quand ils aiment les honneurs et les puérilités, sont, comme moi, au service de quelque chose qui les dépasse.

Camus, au temps de la traversée du désert, le quitte en lui demandant en quoi, à son avis, un écrivain pourrait servir la France : « Tout homme qui écrit (un temps), et qui écrit bien, sert la France. »

— Il existe tout de même des artistes gaullistes, dis-je : Braque et Le Corbusier hier, Chagall et Balthus aujourd'hui. Et ils ne sont pas seuls.

— Qu'est-ce qu'un artiste gaulliste?

— Un artiste qui vous défend.

— Soit. Avec les autres, vous connaissez le disque : nous mettons la France trop haut. Comme s'ils ne savaient pas ce qu'il y a de lâcheté dans la modestie!

« Pourtant, nos intellectuels et nos artistes comptent encore, dans le monde. J'ai vu à la télévision les funérailles que vous aviez organisées pour Le Corbusier : la Cour Carrée du Louvre redevenue blanche, éclairée par les projecteurs, l'ambassadeur de Grèce et celui de l'Inde avec leurs offrandes... Le télégramme que m'avait envoyé le gouvernement indien : « L'Inde, où se trouve la capitale construite par Le Corbusier, viendra verser sur ses cendres l'eau du Gange, en suprême hommage. » La fin de votre oraison funèbre : " *Adieu, mon vieux maître et mon vieil ami...* " Vous vous souvenez encore?

— *Adieu, mon vieux maître et mon vieil ami.*

« *Bonne nuit.*

« *Voici l'hommage des villes épiques, les fleurs funèbres de New York et de Brasilia.*

« *Voici l'eau sacrée du Gange, et la terre de l'Acropole...*

« Nos âmes sensibles écarteraient (modérément d'ailleurs dans le cas de Corbu, vomi par les académiques) cet héritage; mais elles ont, toutes, leurs Pères de l'Église, mal conciliables : Freud, Marx, Proust, Kafka, etc. Patrologie d'ennemis dont la conciliation deviendra inintelligible, lorsqu'on aura oublié que les écoles

170

des cafés n'ont pas d'autre vie que leurs conciliabules.

— Desnos, et comment s'appelait ce pauvre garçon : Desbordes? sont morts noblement. Pourquoi les intellectuels ne croient-ils plus à la France?

— Y ont-ils jamais beaucoup cru? Au Moyen Age, la France, qui n'existe pas, est un sujet de chansons mélancoliques. Jeanne d'Arc? Cinquante ans après sa mort, que reste-t-il de ce qu'elle a signifié? et ça finit par Voltaire. Ils ont cru au roi, ou haï le roi : pour un homme aussi intelligent que Diderot, la liberté, c'est Catherine de Russie! Le rôle des passions négatives, chez les intellectuels, est à coup sûr très grand. De notre temps, ceux qui étaient contre Hitler ont cru être avec vous. Au moins un certain temps. Ajoutez la mythologie de la gauche. Mais quoi? Nos intellectuels sont presque tous des littérateurs, dont l'idéologie dépend des sentiments. Pourquoi un romancier comprendrait-il l'action ou l'histoire mieux qu'un peintre, mieux qu'un musicien? Nietzsche écrivait que depuis 1860, le nihilisme (c'était pour lui ce que j'ai appelé l'absurde) atteignait peu à peu tous les artistes. Depuis, pensez! Le génie, de Baudelaire à nos écrivains, a été nihiliste à quatre-vingts pour cent. Sans cette conversion, le problème de la jeunesse ne serait pas le même. Et cette conversion est singulièrement profonde.

— Sans aucun doute. L'absurde, comme on dit, peut jouer contre la nation. Moi, je ne suis pas né pour le défendre. Oui, le conflit a été différé par l'antifascisme et par la Résistance. Mais nos intellectuels veulent que ce qu'ils appellent l'esprit, et qui l'est si peu, domine la nation. (Pour aboutir à Mai 68!) Moi, je veux que la liberté de l'esprit soit défendue à tout prix, sauf au prix de la réalité nationale sur laquelle elle se fonde. Voltaire, quoi qu'il en pense, est plus lié à la France qu'à la Raison. Les intellectuels sont passionnés par les intentions, et nous, par les résultats. Qu'y faire? Des déjeuners?

« Pompidou pensait qu'il faut toujours faire déjeuner les gens ensemble. Avait-il tort? J'ai invité Adenauer, que je ne connaissais guère : vous faites manger le même gigot à des gens qui se détestent parce qu'ils ne se connaissent pas, et ça les transforme en moutons. »

Il se retourne pour regarder tomber la neige. Il n'appartient pas à notre temps — mais à un passé millénaire auquel s'accorde si bien, aujourd'hui, sa stature massive de gisant.

— Avant cent ans, ce que nous avons appelé la droite et la gauche aura rejoint les chimères, et sera à peine intelligible. Avec raison. Sachez bien que je ne suis pas méfiant des théories politiques par principe, je le suis par souvenir. Quand le Front populaire est arrivé au pouvoir, j'ai pensé : puisqu'ils doivent avant tout combattre le fascisme, ils seront obligés de défendre la France. Donc, de faire une armée moderne. Je connaissais le pauvre

Lagrange, le seul parlementaire qui soit allé se battre et qui en soit mort; je connaissais un peu Blum. Que s'est-il passé? Le Front populaire a fait l'armée française de 1918 — de 1918! — quand le nazisme faisait mes divisions cuirassées, et ses Stukas!

— Le Front populaire a fait pas mal de choses.

— Qui, sans moi, eussent été balayées par Hitler et par Vichy. Le gouvernement russe s'est battu sur l'essentiel. Hitler aussi. Depuis la Grèce antique, la Méditerranée prend les discours pour des réformes. Tout ce que nous avons fait, on veut oublier que c'est nous qui l'avons fait. Vous savez bien qu'au moment du Marché commun, nous trouver parmi les Six avec la charge de notre agriculture, sans contrepartie, eût été mortel. Mais la France reste ravagée par des mythes.

« J'étais un mythe aussi.

« Autrement.

« Les historiens modernes s'imaginent que l'on peut faire ce que l'on veut, quand on est au pouvoir. Louis XIV se plaignait de n'être pas obéi en Auvergne, où des accusés dans l'affaire des Poisons avaient trouvé refuge auprès du gouverneur. Napoléon se plaignait de n'être obéi à Orléans (à Orléans!) que s'il y allait! Et je ne suis pas parvenu à faire construire aux Halles des édifices convenables. Mais j'ai voulu ressusciter la France et, dans une certaine mesure, je l'ai fait. Quant aux détails, Dieu reconnaîtra les siens. Il expliquera, le pauvre, pourquoi les gauchistes s'appellent gauchistes afin de se distinguer des communistes, et ne s'appellent ainsi que depuis que la gauche n'existe plus.

— Il y a dans cette gauche un romanesque historique très agissant, le côté main-sur-le-cœur des vieillards de Victor Hugo qui viennent dire leurs vérités aux rois. Pour les pays méditerranéens, la politique est liée au théâtre. Le romanesque a été tantôt pour vous, tantôt contre vous.

— Oui, oui. Je vous l'ai dit : il a été pour moi si longtemps qu'il m'a pris pour Tintin. Il adore Tintin.

— Mais, si la gauche a été longtemps autre chose qu'une comédie, c'est qu'elle a été ce qui s'opposait à la droite, qui était d'abord l'argent.

— La droite a cessé d'avoir une idéologie quand elle a cessé d'avoir partie liée avec la nation, et quand l'héritage de Rome qu'elle partageait avec l'armée, avec l'Église, avec l'État, a été repris par les communistes — qui n'étaient pas l'Église (évidemment), qui étaient certainement l'Armée, et qui voulaient être l'État.

— Une droite du profit ne peut être qu'une droite clandestine. Le vieux mythe de la gauche était le même que celui du gaullisme de 1940 : la défense des vaincus. Il a justifié, tour à tour, les conventionnels, les révolutionnaires de 1848, les communards, les radicaux malins, les bolcheviks, les gauchistes de Mai... Un mythe politique est un domaine d'émotions, qui se logent dans les idées comme les bernard-l'ermite dans les coquilles des crustacés morts...

— La Commune a voulu assumer la France : à ce titre, elle fait partie de notre histoire. Mais elle n'a pas tué un seul Prussien.

— La Commune est bien vue des intellectuels, la révolution de 1848 mal vue. Pourtant, l'idyllisme enragé est bien antérieur à 1848 : Rousseau l'a connu, Saint-Just aussi. Le romanesque historique est devenu un des éléments fondamentaux de notre civilisation.

— Si vous l'écartez, que reste-t-il, dans le marxisme, du mythe révolutionnaire?

— La propriété collective des moyens de production, ne croyez-vous pas? Mais nos marxistes n'ont pas l'air de s'en douter. La gauche électorale a longtemps reposé sur l'anticléricalisme, surtout dans son lien avec la franc-maçonnerie... Ça tire à sa fin. J'imagine sans peine un marxiste sérieux qui répondrait à l'illusion lyrique gauchiste : " Le pouvoir du général de Gaulle, qui est le fils de son action pendant la guerre — le fils, mais pas le frère! — eût été inconcevable sans le développement du secteur tertiaire. " Songez que cette année, en France, ce secteur a dépassé les deux autres : paysans et ouvriers réunis. Mais l'objectif de nos âmes sensibles n'est pas la prise du pouvoir, c'est la prise de l'Odéon.

— Oui. A la Libération, la faune politicienne me prenait pour un amateur. Et moi, qui pourtant la connaissais, j'étais déconcerté par son incapacité de savoir ce dont elle parlait. La Révolution? Le seul révolutionnaire, c'était moi. Bien sûr, il y avait les communistes, pour qui le mot signifiait la prise du pouvoir par leur parti. Et pourtant, bien des années plus tard, en Mai 1968, leur chef a dit à notre ministre de l'Intérieur : " Ne cédez pas! " Mais les autres!

— Quel mot capital ne tire sa force de sens superposés : Révolution, Dieu, amour, Histoire...? Dieu veut dire créateur, juge, amour sacré, mystère du monde; j'en passe...

— Il n'est aucunement nécessaire de définir Dieu, alors qu'il est nécessaire de définir ce qu'on veut changer, et les moyens par lesquels on veut le changer. Pourtant il existe, je n'en disconviens pas, de grandes époques obscures de l'Histoire. J'ai autrefois cherché à comprendre ce qui, à Byzance, séparait réellement les Bleus des Verts. Vainement. Alors que je comprends Rome.

— Je crois la métamorphose des mythes aussi peu prévisible que celle des œuvres d'art. A Leningrad, j'ai vu la chambre de l'Impératrice, aux murs criblés de portraits de Raspoutine. Je regardais passer les absurdités acceptées par tant de nos contemporains intelligents, avec la même surprise que j'ai lu, plus tard, les comptes rendus des procès de Moscou. Rome est peut-être intelligible, en effet (enfin, jusqu'à Tibère...). La Révolution d'Octobre aussi. L'acceptation de la culpabilité des accusés de Moscou, c'est une autre affaire; et celle de l'affirmation que des C.R.S., qui n'ont tué personne, étaient des assassins; qu'il fallait défiler, en Mai, avec de grandes banderoles " Vengeons nos morts! ", alors qu'il n'y avait pas de morts; que la Guépéou, et dans un autre domaine, mon ami Mao, représentaient la liberté. Après avoir représenté, pour d'autres et aussi intelligemment, l'homme au couteau entre les dents... Je voudrais comprendre les sorcières de mon époque.

— L'histoire des chimères n'est pas encore écrite.

— Bien que détruire le capitalisme n'ait jamais été pour vous fondamental...

— Je n'étais aucunement venu pour détruire le capitalisme, que je n'ai d'ailleurs pas défendu; j'étais venu pour rétablir la France, contre les mythes qui détruisaient sa réalité. Lénine savait-il qu'il était venu pour rétablir la Russie?

« Peut-être la politique est-elle l'art de mettre les chimères à leur place? On ne fait rien de sérieux si on se soumet aux chimères, mais que faire de grand sans elles?

— A certains égards, la France aussi est une chimère...

— Non. Les chimères sont ce qui n'existe pas. Le marxisme n'est pas une chimère. Ni Lénine. Ni Staline. Ni d'ailleurs Mussolini. La chimère, c'est le marxisme des intellectuels qui n'ont pas lu Marx. Vos âmes sensibles avaient sans doute lu beaucoup de choses de Jean-Jacques Rousseau, mais pas *Le Contrat social* — qui, malgré sa légende, est un livre puissant.

— Ce n'est pas seulement dans le domaine politique, que les chimères se succèdent.

— Vous avez rencontré le curé de Colombey? C'est un bon prêtre. Il m'a dit, de l'extrême-onction : " J'ai presque toujours rencontré la même attitude, surtout chez les femmes : Monsieur le Curé, je vais faire ce que vous dites; mais, voyez-vous, ça n'a pas beaucoup d'importance. Je n'ai jamais fait de mal à personne : le bon Dieu ne me chassera pas. "

« Je reconnais qu'il serait intéressant de fixer ce que les catholiques croient. Les hommes ne savent guère quand ils meurent; pourtant, ce prêtre a raison. Il y a plus de chrétiens pour croire que Dieu accueillera ceux qui n'ont jamais fait de mal, qu'il n'y en a pour croire à l'enfer. Nous acceptons trop l'idée que les hommes croient à leurs drapeaux. Chacun a sa petite foi personnelle dans son petit sac, croyez-moi, les marxistes comme les catholiques... Néanmoins, ce n'est pas tout à fait la même chose. A chacun sa République. Les chimères de l'esprit me font plutôt penser aux modes.

— Je n'ai jamais tiré au clair ce que je

pense des modes. La mode féminine est un moyen d'accession sociale; passons. Mais les siècles pendant lesquels les hommes doivent être barbus, les siècles pendant lesquels ils doivent être rasés... Dans le domaine de la religion, le problème est aussi mystérieux. Les âmes sensibles, liées à la comédie politique, deviennent évidemment des comédiennes — ou des suicidées. Les femmes dont parle le curé de Colombey ne sont pas des comédiennes.

Je pense à sa propre foi, que je ne saisis jamais. L'Église fait partie de sa vie, mais il dit au pape : « Et maintenant, Saint-Père, si nous parlions de la France? » Il a fort peu cité Dieu, et pas dans son testament. Jamais le Christ. Je connais son silence sur quelques sujets capitaux, silence né d'une invulnérable pudeur et de beaucoup d'orgueil, si l'on peut appeler orgueil le sentiment : cela ne concerne que moi. Sa communion à Moscou est claire : il témoigne. Mais il ne communie pas qu'à Moscou. Je crois sa foi si profonde, qu'elle néglige tout domaine qui la mettrait en question. C'est pourquoi mon agnosticisme ne le gêne pas. (Aussi parce que je ne suis ni anticlérical ni antichrétien, en un temps où les intellectuels le sont si souvent, alors que ceux de sa jeunesse ne l'étaient pas : Péguy, Jammes, Claudel. Un agnostique ami du christianisme l'intrigue plus qu'il ne l'irrite, même s'il est aussi un ami de l'hindouisme.) Sa foi n'est pas une question, c'est une donnée, comme la France. Mais il aime parler de sa France, il n'aime pas parler de sa foi. Un Dieu, Juge suprême, son inspirateur pour gracier les condamnés ou pour deviner le destin de la France ? Cette foi recouvre un domaine secret, qui est sans doute celui du Christ, et aussi d'une interrogation, non sur la foi, mais sur les formes qu'elle prend. Il a été frappé, quand je lui ai cité la phrase hindoue : Tout homme va à Dieu à travers ses propres dieux. Il m'a demandé un jour : « Que signifient pour vous les œuvres religieuses des colosses comme Beethoven et Victor Hugo, dont la foi chrétienne était confuse, et qui n'étaient pas pour autant des voltairiens ? »

Du moins cette foi est-elle nourrie par deux millénaires. Profonde et mystérieuse. Un jour, l'un de ses plus proches collaborateurs, qu'il a chargé de rassembler les documents dont il aura besoin pour le prochain discours (au Canada?), lui dit timidement :

— J'ai pensé que vous seriez peut-être amené à finir sur la volonté divine, et les documents sont là.

Il répond :

— Je vous remercie. Je n'ai pas peur de Dieu.

Bien entendu, sa phrase signifie : « Pensiez-vous que j'aurais honte de la référence à Dieu? » Mais Freud ne prendrait pas à la légère la forme qu'il lui donne...

— Gide, dis-je, à la fin de sa vie, tenait beaucoup à une idée qui m'a toujours semblé singulière : " Pour moi, la religion est un prolongement de la morale. "

Il avait d'abord, évidemment, pensé l'inverse...

— Le péché n'est pas intéressant. Il n'y a de morale que celle qui dirige l'homme vers ce qu'il porte de plus grand. La grandeur peut être petite, mais voilà, ça ne fait rien! La religion ne peut pas plus être un prolongement de la morale, que la morale ne peut être une dépendance de la religion. Tout ça n'est pas sérieux. L'homme n'est pas fait pour être coupable. Le sérieux, c'est de savoir pourquoi les passions mortes — politiques, morales, et ainsi de suite — sont mortes. Et de défendre ce qui peut survivre, par des voies mystérieuses. Mais n'oubliez pas qu'André Gide était un écrivain à qui l'histoire ne posait aucune question, car, à ses yeux, elle n'existait pas.

« Comme c'est étrange! Valéry a dit beaucoup de mal de l'histoire, mais il en a écrit quelques interprétations incomparables : c'était une querelle de ménage. Je suis content de lui avoir fait des funérailles nationales. A la fin de sa vie, l'histoire était ce que *font* les hommes : il la regardait distraitement mourir. »

Combien de passions avons-nous rencontrées, dont il ne restera rien de plus que de *L'Action française* pour nos étudiants de Nanterre qui en ont oublié jusqu'au nom, rien de plus que des passions politiques qui se débattent dans ce monde qui aura été le mien, comme les passions religieuses se seront débattues pendant tant de siècles? Parmi mes lecteurs de moins de trente ans, parmi les lecteurs étrangers, qui se souvient que *L'Action française* a dominé la Sorbonne? Qui supportera sans rire, dans cent ans, le vocabulaire : aliénation, structure, démystification, forces malthusiennes, frustration, civilisation de consommation?...

Il reprend, un peu rêveusement :

— Quand j'ai dit : je suis venu pour délivrer la France des chimères qui l'empêchent d'être la France, on m'a compris. Pourtant, elles sont trop constantes, elles jouent un rôle trop important pour que nous puissions penser qu'elles bourdonnent autour de l'Histoire comme des mouches. Elles aussi se succèdent. Ont-elles une histoire? Drôles de bêtes! Elles vont de la puérile indignation méditerranéenne, à des domaines considérables : du gauchisme de la Rive gauche, au sentiment de vos âmes sensibles, qui se sont trouvées jadis en face de la guillotine. Hier, l'ombre des nuages passait à mes pieds pendant que je me promenais; et je pensais que les chimères font partie de l'humanité de la même façon que les nuages font partie du ciel. Mais est-ce que les chimères se succèdent comme eux, ou comme les plantes? Devant les grands arbres que vous connaissez, à droite de la porte, je pense souvent à l'histoire des nations. Elle est le contraire des nuages. Pourtant, assumer la France, en 1940, n'était pas un problème de jardinier!

« Donc, je regarde passer les chimères. Je rentre. Je retrouve ces livres. Ce qui a survécu et peut-être ce qui a donné forme à l'homme, comme les jardiniers successifs ont donné forme à mes arbres. Après tout, le mot culture a un sens. Qu'est-ce qui se continue — vous voyez ce que je veux dire — qu'est-ce qui ne se continue pas? Il s'agit d'une opposition plus profonde qu'entre l'éphémère et le durable, vous comprenez bien : de ce qu'il y a de mystérieux dans la durée. Cette bibliothèque n'est pas une collection de vérités, opposée à des calembredaines. Il s'agit d'autre chose. Rien de moins clair que la victoire des œuvres sur la mort.

— Que relisez-vous?

— Eschyle, Shakespeare, les *Mémoires d'outre-tombe*, un peu Claudel. Et ce qu'on m'envoie, qui fait généralement partie des nuages. Je réponds à tous ceux qui m'envoient des livres : ils pourraient aussi ne pas me les envoyer.

— Vous aimez encore Rostand?

— On aime sa jeunesse. Mais je ne réfléchis pas à ma jeunesse, pas même à Claudel : je réfléchis aux œuvres capitales d'autres temps — dans une certaine mesure, d'autres civilisations. Je ne puis m'expliquer que par une image. Ceux que je relis (ajoutez Sophocle)...

— Autre général.

— ...me font l'effet d'étoiles éclairées par un même soleil invisible. Ils ont quelque chose en commun. Comme les arbres, bien que... Ils sont différents des nuages et des chimères : ils ont quelque chose de fixe. Une sorte de transcendance? Donc, je me promène entre les nuages et les arbres comme entre les rêves des hommes et leur histoire. Alors, entre en jeu un sentiment qui m'intrigue. Ces grands poèmes (moi qui n'aime guère le théâtre, je ne relis actuellement que des poèmes dramatiques), je sais bien qu'ils n'étaient pas ce qu'ils sont pour nous; je vous ai écrit autrefois ce que je pensais de votre théorie de la métamorphose. Mais pour l'histoire? Vous disiez tout à l'heure que ce mot faisait partie de ceux dont la profondeur vient de sens multiples. Certes. Mais il faut comprendre ce que nous avons fait.

— Ce que *vous* avez fait.

— Ce que j'ai fait ne s'est jamais défini pour moi par ce que je faisais. Notamment pas le 18 Juin.

« L'important — et, peut-être, pour tous les hommes qui ont été liés à l'histoire — n'était pas ce que je disais, c'était l'espoir que j'apportais. Pour le monde, si j'ai rétabli la France, c'est parce que j'ai rétabli l'espoir en la France. Comment être obsédé par une vocation sans espoir, je vous le demande? Quand je serai mort, cet espoir ne signifiera plus rien, puisque sa force tenait à notre avenir, qui, évidemment, ne sera plus un avenir : alors, interviendra ce que vous appelez la métamorphose. Oh! je ne crains pas qu'il ne reste rien de cet

espoir. Une constitution est une enveloppe : on peut changer ce qu'il y a
dedans. Quand ce qu'il y avait comptait,
qui diable eût pu l'envoyer à la corbeille?
Mais le destin de ce qui comptait est
imprévisible. Un homme de l'Histoire est
un ferment, une graine. Un marronnier
ne ressemble pas à un marron. Si ce que
j'ai fait n'avait pas porté en soi un espoir,
comment l'aurais-je fait? L'action et l'espoir étaient inséparables. Il semble bien
que l'espoir n'appartienne qu'aux humains. Et reconnaissez que chez l'individu, la fin de l'espoir est le commence-
ment de la mort.

— Vous avez été, en effet, à plusieurs
reprises, le symbole de l'espoir.

— Peut-être aviez-vous raison de dire
que, pour beaucoup, le gaullisme se
définissait par ce qui les séparait des
politiciens. Mais pour moi, quand j'ai
accepté le mot — assez tard — c'était
l'élan de notre pays, l'élan retrouvé.
C'est pourquoi le premier volume de mes

Mémoires va s'appeler *Mémoires d'Espoir*.
C'est aussi pourquoi je suis loin de préparer le second volume (ne parlons pas du troisième!) avec les mêmes sentiments. Ce que nous avons fait va se transformer, et je veux qu'il existe un témoignage : " Voici ce que j'ai voulu. Cela, non autre chose. " C'est pourquoi je n'ai plus pour ministres que les nuages, les arbres, et, d'une autre façon, des livres.

— Vous connaissez la phrase : " Le frémissement d'une branche sur le ciel est plus important que Hitler. "

— Et que le cancer, sans doute — quand ce n'est ni le vôtre ni celui d'un être que vous aimez! Phrase curieusement féminine.

— Elle est d'un homme, je crois.

— Je suppose que Hitler la disait à ceux qui préféraient se défendre avec des branches plutôt qu'avec des chars. Mais enfin, je comprends ce qu'elle veut dire. Depuis quelques mois, j'ai vu beaucoup de branches.

— On peut vouloir s'accorder à la vie qui n'est pas celle des hommes...

— J'aime les arbres; j'aime aussi les bûcherons. Et puis, dans la phrase que vous avez citée, je crains que le mot " important " ne signifie simplement : durable. La branche n'était pas plus importante que Hitler, pour nos compagnons des camps d'extermination! L'action historique n'est pas seulement celle d'un homme, même quand cet homme est Napoléon. Elle assume les passions les plus profondes, ou la détresse de beaucoup d'hommes, et elle les partage. Comment ne pas voir les arbres, ici? Après tout, la France dure depuis plus longtemps que la plus ancienne branche du parc. Ne soyons pas dupes de l'éternité. Enfin, de la petite éternité des branches... L'éternité n'est pas nécessaire pour connaître les limites de l'action : le malheur suffit.

Pense-t-il aux promenades avec Anne?

— Vous connaissez le dialogue de Moltke — quatre-vingts ans — avec Bismarck?

— Lequel, mon général?

— Après de tels événements, dit Bismarck, est-il encore quelque chose digne d'être vécu? — Oui, Excellence, répond Moltke : voir grandir un arbre.

— Même d'un point de vue métaphysique ou religieux, délivrer les prisonniers d'un camp d'extermination n'est pas moins " important " que l'existence des arbres, et même des nébuleuses spirales. Malheureusement, l'histoire ne consiste pas qu'à délivrer...

A la branche, Dostoïevski opposait le Mal, et j'ai dit ce matin que le sacrifice ou l'héroïsme ne me paraissait pas moins profond que le mal. Mais il me semble que depuis vingt ans, pour le général, l'Histoire est un domaine dont tous les serviteurs se ressemblent. A mes yeux, il existe deux types d'hommes de l'Histoire, qui ne se rejoignent que par leur survie. D'une part, les conquérants; de l'autre, les libérateurs et ceux qui leur sont obscurément liés : Philopœmen et Vercingétorix nous émeuvent sans doute comme des libérateurs vaincus.

— Sans doute l'histoire ne consiste-t-elle pas qu'à délivrer, dit-il. Elle est l'affrontement. Avec l'ennemi, aussi avec le destin. Peut-être la grandeur ne se fonde-t-elle que sur le niveau de l'affrontement.

Il a toujours pensé en ces termes. Et sa pensée n'a pas changé, même s'il affronte la vie des arbres ou la dérive des nuages. Moi aussi, souvent. Mais il est enraciné dans la France, à l'égal de ses arbres. L'Histoire, pour lui, c'est l'action : les ombres des nuages se succèdent en se continuant sur cette vieille terre dont il contemple l'éternité. Pour moi, l'Histoire, c'est d'abord leur succession incertaine, le cours héraclitéen du fleuve. Et pourtant, comme lui, je ne puis m'accorder à la branche. Plus qu'une leçon, elle me semble une accusation... Il continue :

— Peut-être n'a-t-on pas pris assez

conscience d'un fait évident, considérable pourtant : les hommes de l'Histoire sont nécessairement des joueurs.

Lorsqu'il parle sur le ton de la confidence, son œil se plisse, et la confidence semble ironique :

— Saint Bernard n'était pas assuré d'écraser Abélard. Napoléon, le matin d'Austerlitz, n'était pas assuré de la victoire. A Borodino, il pense qu'il est vainqueur, puisque les Russes ont abandonné le terrain. " Combien de prisonniers? — Sire, presque pas. " C'est seulement alors qu'il comprend qu'il a livré une fausse bataille, et remporté une fausse victoire. Même Alexandre a dû se demander, avant la rencontre avec Porus, comment tournerait la campagne des Indes. L'incertitude de la grande politique n'est pas tellement différente de l'incertitude militaire.

« Enfin, dans quelques jours, 1970... Il ne reste qu'une génération pour séparer l'Occident, de l'entrée en scène du Tiers

Monde. Aux États-Unis, il est déjà en place.

— C'est la fin du temps des Empires...

— Pas seulement des Empires. Gandhi, Churchill, Staline, Nehru, même Kennedy, c'est le cortège des funérailles d'un monde!

Il lève les bras selon le geste que nous lui connaissons, mais que je ne lui ai jamais vu faire qu'en public.

Je pense au bûcher qui faisait tomber du cadavre de Gandhi les balles incandescentes, aux sifflets des trains russes qui annonçaient la mort de Staline à travers les solitudes sibériennes, aux escortes de Churchill et de Kennedy, aux éléphants de Nehru. Ma vie.

— Restent en place, dis-je, Mao, et, dans une certaine mesure, Nasser.

— Mao, oui. L'Islam, peut-être. L'Afrique, qui sait?

Je ne pense pas à l'Afrique, mais à l'Asie de ma jeunesse. L'Asie du passé, l'Asie sans présent a basculé dans la nuit. Innombrables petits ballons porteurs de

publicités lumineuses parmi les étoiles
d'Osaka, défilés sans fin du peuple chinois devant la Cité Interdite, multitudes
autour de Gandhi, avec les fleurs qui
tombaient des arbres lorsqu'il commençait à parler... Un milliard d'hommes,
presque semblables depuis mille ans, et
maintenus dans leur passé par l'Europe.
Aujourd'hui, le grondement impatient de
tout ce qui n'est pas l'Europe, mais aussi,
en effet, les funérailles d'un monde; et
bientôt, l'Afrique?

Je pense à mon avion de 1959 dans
l'aube au-dessus des immenses marécages
du Tchad; au soldat noir évanoui sous le
modeste soleil de la Concorde, le 14 Juillet où l'on distribuait les drapeaux de la
Communauté... Et au président Senghor,
à la négritude qu'il proclamait, pendant
que la reine mérovingienne de la Casamance suivie de son grand chat entraînait
ses fidèles sous la chute étincelante des
kapoks vers les arbres sacrés. Senghor,
aussi, annonçait l'entrée en scène du Tiers

Monde... Dernière plongée dans l'Asie, milliers de glaïeuls inclinés d'un seul geste, Mao, Cité Interdite, grand soleil de Chine à travers les rideaux de soie blanche... En 2000, le Tiers Monde sera-t-il dressé en face de la civilisation qui conquiert la Lune et perd sa jeunesse, et où les étudiants se font flamber comme des bonzes? Tous ceux qui se trouvent dans cette pièce seront morts... Il disperse sans s'en apercevoir les cartes à jouer sur la table verte et regarde tomber la neige de l'Austrasie.

— On dressera une grande croix de Lorraine sur la colline qui domine les autres. Tout le monde pourra la voir, et comme il n'y a personne, personne ne la verra. Elle incitera les lapins à la résistance.

Du côté de la colline, il y a seulement, si loin que porte le regard, l'ondulation de la forêt mérovingienne.

— Staline avait raison : à la fin, il n'y a que la mort qui gagne.

— Peut-être, dis-je, l'important est-il qu'elle ne gagne pas tout de suite?... Peut-être est-ce le même problème que celui que vous posiez au sujet de la bibliothèque, et qui se pose au sujet du musée... En face des nébuleuses spirales, l'Union Soviétique, la France, les deux mille cinq cents ans d'Eschyle!... Pourquoi l'homme, contre la mort, veut-il passionnément gagner la première bataille? L'Égypte pensait qu'après des millénaires, les momies, les statues, les pyramides ne protégeaient plus le pharaon. Mais elle élevait les pyramides.

— Il faut bien!...

Il a soixante-dix-huit ou soixante-dix-neuf ans. « Je ne prétends pas que l'âge n'ait pas joué dans ma décision », a-t-il dit. Il me semble maintenant beaucoup plus âgé que moi : on ne voit vieillir que les autres. Son autorité reste saisissante, et il ne dialogue pas avec la vieillesse, mais avec un « qu'importe » stoïcien qui concerne parfois l'Histoire qu'il a faite. La mort n'a pas d'importance, mais la vie en a-t-elle beaucoup plus? Dans la solitude de Colombey, ces *Mémoires* sont sans doute écrits en marge d'un dialogue distrait avec la mort. Et pourtant?... Il a cité, dans un discours de 1940 : « *Homme de la plaine, pourquoi gravis-tu la montagne? — Pour mieux regarder la plaine...* » Naguère, lorsque je faisais allusion au sentiment religieux, il me répondait par son geste qui semblait chasser les mouches.

— Des malheureux, qui généralement n'ont rien fait, m'ont reproché " mes changements ". Le monde dans lequel je devais agir n'a pas changé, non? Comme si une politique continue était une politique toujours semblable! Ils s'imaginent sans doute que vivre consiste à imiter son enfance, et à vouloir à tout prix des confitures!

— Je ne crois pas qu'en une génération, le monde ait jamais changé à ce point, même lors de la chute de Rome...

— L'âme réelle de toute politique était
la nation. Après la bombe, la nation
reste-t-elle ce qu'elle était? On ne dira
pas longtemps que la bombe atomique
n'est pas autre chose qu'une bombe plus
puissante que les autres. Des spécialistes
sont venus me dire maintes fois : les
découvertes ne nous apportent pas autre
chose que la multiplication de nos propres
moyens. Oui, oui... Je ne crois pas, voyez-
vous, que le microscope électronique ne
soit qu'une énorme paire de lunettes : ce
qu'il nous fait découvrir n'est pas ce que
nous cherchions. Il résout quelques-uns
de nos problèmes; il apporte aussi les
siens. Nous n'en avons pas fini avec la
bombe atomique. Le plus puissant moyen
de guerre a commencé par apporter la
paix. Une paix étrange, la paix tout de
même. Attendez la suite.

« Avec le développement de ce que vous
appelez le secteur tertiaire, que devient
l'ancienne lutte des classes? Vous avez
dit, en Mai, une phrase que j'approuve :

le drame des étudiants n'est aucunement un drame universitaire, c'est une crise de civilisation. Le mois de Mai a créé beaucoup de romanesque, — avec *un* mort, et encore, par accident ! Mais dans quelle mesure la jeunesse française est-elle touchée ?

— Un apiculteur, ici, dit Mme de Gaulle, affirme qu'en Mai, dans toute la France les abeilles étaient enragées aussi.

Je me souviens de l'hôtel Lapérouse, lors de son retour : « Si avant de mourir, je puis revoir une jeunesse française... » Je réponds :

— Le drame de la jeunesse me semble la conséquence de celui qu'on a appelé la défaillance de l'âme. Peut-être y a-t-il eu quelque chose de semblable, à la fin de l'empire romain. Aucune civilisation ne peut vivre sans valeur suprême. Ni peut-être sans transcendance...

— Qu'est-ce qui permet aux heures de passer, dans la solitude ? Concevez-vous que ce que vous venez d'appeler une valeur suprême ne soit pas une valeur religieuse ?

— La raison, la vérité peut-être; le destin du prolétariat pour Marx... Le nihilisme ne remplace pas plus ces valeurs à l'université de Berkeley qu'à celles de Tokyo. Mais Robespierre croyait réellement à la raison et à la nation. *Et* à ce qu'il faut faire pour assurer leur victoire. Jusqu'à la guillotine, il l'a fait. Saint-Just ne s'est pas mis à quatre pattes devant les Strasbourgeois. Saint Bernard ne s'est pas mis à quatre pattes devant les étudiants. L'Université ne sait pas ce qu'elle veut, l'État occidental ne sait pas ce qu'il veut, l'Église ne sait pas ce qu'elle veut. En fait, les étudiants non plus. Croyez-vous qu'une seule civilisation, avant la nôtre, ait connu la mauvaise conscience?

« Aucune n'a été si puissante, aucune n'a été à ce point étrangère à ses valeurs. Pourquoi conquérir la Lune, si c'est pour s'y suicider? »

La lumière change, parce que la neige recommence à tomber. La nouvelle lu-

mière fait briller, en face de moi, les
petits jeux en fil de fer, machines de
cosmonautes sur le sol de la Lune.

— Il *fallait* rendre sa chance à la
France.

— Une valeur suprême n'est pas une
valeur supérieure, c'est une valeur invulnérable. Donc...

— Après le suicide de ceux-ci, d'autres
viendront. Il est étrange de vivre consciemment la fin d'une civilisation! Ce
n'est pas arrivé depuis la fin de Rome :
ce qui précède la Révolution française
et la Révolution américaine n'est pas
une fin de civilisation, c'est seulement la
fin d'une société. Quelle peut bien être
la date de la première neige?

— Les intellectuels romains attendaient
le stoïcisme, et la Stoa n'a pas pesé lourd
en face du christianisme qu'ils igno-
raient.

— Elle était désespérée, la Résurrection ne l'était pas : l'espoir est toujours
vainqueur.

— Le problème le plus dramatique de l'Occident est-il celui de la jeunesse, ou celui de la démission de presque toutes les formes d'autorité? Les zazous ont précédé les hippies et les contestataires, mais les professeurs d'alors ne devenaient pas zazous. Valéry me disait de Gide : " Je ne peux pas prendre au sérieux un homme qui se soucie du jugement des jeunes gens. " Je lui répondais que la jeunesse et les jeunes gens, ce n'est pas la même chose.

— Bien sûr : comme la France et les Français. Mais quelle civilisation, avant la nôtre, a connu de grands vieillards ennemis de leur jeunesse? Vous disiez que les professeurs du Moyen Age ne devenaient pas zazous. Voyez-vous, il y a quelque chose qui ne peut pas durer : l'irresponsabilité de l'intelligence. Ou bien elle cessera, ou bien la civilisation occidentale cessera. L'intelligence pourrait s'occuper de l'âme, comme elle l'a fait si longtemps du cosmos, de la vie tout court, d'elle-même, que sais-je? Elle s'est occupée de la vie historique : la politique, au grand sens. Plus elle s'en occupe, plus elle devient irresponsable. En Russie, en Chine, elle ne l'est pas. Montesquieu m'eût dit des choses importantes. Mais quand j'ai interrogé nos intellectuels, ils m'ont dit des choses qui n'avaient pas de conséquences. Vous comprenez? Ils jouaient un rôle. Souvent avec désintéressement, parfois avec générosité. Avec générosité, *mais sans conséquences*. Or, la bêtise peut parler pour ne rien dire; l'intelligence, non. Vous verrez. Il faudra en revenir à savoir ce qu'on pense. On peut se battre pour des passions confuses, on ne peut pas — vous voyez ce que je veux dire? — se battre toujours pour des calembredaines. Ça finit par la vente des journaux gauchistes sur les boulevards; non certes par manque de courage! mais parce que ce courage ne rencontre jamais son ennemi. Si j'avais dit à Staline que bientôt, chez nous, les adversaires proclamés de l'État (du gouvernement, si vous voulez) ne parviendraient pas à se faire arrêter, il aurait pensé que je devenais fou.

— Comment avez-vous commencé, avec Staline?

— Pendant au moins une minute, personne n'a parlé. C'était long. Puis...

Il hausse les épaules :

— Puis, je croyais qu'il allait me parler de l'Europe, ou de ses gens de Lublin, puisqu'il tenait tellement à eux! Et il m'a dit : '' Alors vous venez me redemander Thorez? '' Il a enchaîné : '' A votre place, je ne le ferais pas fusiller : c'est un bon Français. '' J'ai répondu : '' Le gouvernement français traite les Français en fonction de ce qu'il attend d'eux. Et vous? ''

Le général ne raconte guère. « Les poulets de Staline, c'est bon pour Churchill. » Mais d'autres le remplacent. Je connais le banquet du Kremlin, avec l'imprudent ministre russe qui porte un toast à Staline, ce qui ne se fait pas. Staline lève le verre de sa propre vodka, qui est de l'eau, car il ne boit d'alcool que dans son appartement : « Le camarade Un tel est ministre des Transports; et si les Transports ne marchent pas (Staline écrase son verre sur la table)... Il sera *pendu.* » C'est en pensant à cette scène, que le général m'a dit : « Il était un despote asiatique, et se voulait tel. »

Puis, le gouvernement de Lublin, que le général n'acceptait pas de reconnaître. Le banquet fini, il va se coucher. A trois heures du matin, Molotov, qui n'a pas trouvé Bidault, ministre des Affaires étrangères, vient chez Gaston Palewski : « Voulez-vous dire au général de Gaulle que le maréchal va faire projeter un film pour lui? » Le général descend dans la petite salle du Kremlin. Film patriotique, avec les soldats allemands qui tombent en gros plan l'un après l'autre. A chaque mort, la main de Staline se crispe sur la cuisse du général. « Quand j'ai jugé qu'il m'avait fait assez de bleus, j'ai retiré ma jambe. » Hitler vivait encore... Au matin, le pacte franco-soviétique a été signé. La neige était sans doute celle qui nous entoure — plus épaisse...

Serge Eisenstein m'avait confié, lorsqu'il avait reçu l'ordre d'interrompre sa mise en scène de *La Condition humaine* : « On m'a laissé en paix quand j'ai fait le *Potemkine*, parce que j'étais presque inconnu, parce qu'on me donnait six semaines pour faire le film, et que si ça tournait mal, tant pis pour moi. J'avais vingt-sept ans. Mais je ne demanderai pas maintenant audience à Staline, parce que, s'il ne comprend pas, il ne me restera qu'à me tuer. »

Il m'avait décrit, en 1934, une scène semblable avec Chaplin, lorsqu'il avait montré à celui-ci les photos des décapitations chinoises. Shakespeare faisait reprendre, par des personnages mineurs, les plus grandes scènes de ses chefs-

d'œuvre : Dieu aussi. Et comment Eisenstein est-il mort?

— Voici la seule chose intéressante
qu'on m'ait racontée sur Staline, dit le
général. Il se croit seul, alors que Molotov
est derrière lui. Il couvre des deux mains
de grandes parties du globe terrestre
qui se trouve dans son bureau; puis, d'une
seule main, l'Europe, et murmure : " C'est
petit, l'Europe... "

« Mais j'ai rencontré Staline, je n'ai
pas rencontré la Russie. Ma Pologne,
c'était le contraire. Je regrette : la
Russie, ça compte!

— Ce que la vie en Union Soviétique
vous aurait apporté, c'est la merveilleuse
extravagance que tant de grands écrivains russes ont suggérée, et qui existe
toujours. Staline citait : " Chez nous, il
y a Sparte et Byzance. Quand c'est Sparte,
c'est bien. " Il n'y a pas que Byzance, pour
s'opposer à Sparte : il y a les ivrognes ins-
pirés, le comique soviétique, qui n'est pas
plus gai que le comique russe, et un domaine

difficile à définir. J'ai connu, en 1934, le chef de la police pour le Grand Nord. Les indigènes reçoivent de l'alcool — qui les tue. Il faut y mettre ordre. Après des semaines de traîneaux à chiens, mon chef de la Guépéou arrive dans une sorte d'isba sur l'Océan glacial. Des bouteilles de vodka, un Russe mort conservé par le froid; des pingouins ou d'autres bestiaux, et, sur ce qui a servi de table, une page du journal de San Francisco, une annonce matrimoniale entourée au noir de tison : " Jeune fille bien sous tous les rapports, désire épouser Russe, Sibérien de préférence, situation comparable à la sienne. " Date du journal : 1883. Des paquets de roubles à côté, maintenus par une pierre... Et le club de Rostov, formé presque uniquement d'amputés, parce qu'il avait pour raison d'être de coller sur les bulbes de la cathédrale, des affiches faites de feuilles de carnets (il n'y avait pas de papier) : *Dieu est un traître.* Comment ne se sont-ils pas retrouvés au bagne (ça a fini ainsi, je suppose. Mais je me trouvais à Rostov avant les purges), puisque Dieu avait trahi en livrant la Russie aux bolcheviks? Mystère. Mais Dieu réglait la question : chaque année, quelques colleurs d'affiches tombaient, se cassaient une jambe ou un bras — et les éclopés prenaient leur vodka avec les copains qui allaient se casser la jambe l'année suivante. " La Russie est toujours pleine de Karamazov! ", disait Ehrenbourg. C'est avec lui que j'ai connu mon plus beau numéro russe. Dans je ne sais quelle ville de Sibérie, les usines affichent, sous la signature de Staline : les relations sexuelles sont désormais interdites. Nombreux discours : Camarades, tout ce temps employé à des satisfactions individuelles est perdu pour la production! La sexualité est pire que la vodka! " Alors, dit Ehrenbourg, je vais à poste, je demande communication télégramme. Postière, blonde avec nattes, vingt ans : ' Camarade Ehrenbourg, j'ai déchiré. Il disait : Relations sexuelles entre hommes sont interdites. Idiots, à Moscou! comme s'il pouvait y avoir relations sexuelles entre hommes! ' Alors, très pas content, j'ai dit : camarade postière, vous, idiote! *dourak!* "

« De telles anecdotes sont innombrables. Et je ne crois pas qu'elles ne signifient rien.

— Non.

— Elles se mêlent, comme dans les romans russes, au domaine profond. J'ai vu, l'année dernière, un komsomol bouleversé pour avoir lu un cahier où était copié l'évangile selon saint Jean, cahier manuscrit qui coûtait aussi cher que les œuvres complètes de Tolstoï. J'ai écouté une psychiatre (maintenant, à Moscou, on peut parler : la main de la police est au-dessus des têtes, très proche d'elles, mais elle ne les tient plus à la gorge) qui m'a dit : " Je viens de soigner un fils de commissaire du peuple. Question traditionnelle : ' Que rêves-tu le plus souvent? — Que je suis enfin seul. Seul contre tous

les autres. Seul contre tout le monde. ' ''
Jadis Boukharine, arpentant avec moi la
place de l'Odéon entourée de tuyaux
d'égouts tirés de leurs tranchées, m'a
confié distraitement : '' Et maintenant,
il va me tuer... ''

« Ce qui fut fait.

« Je pense beaucoup aux Polonais, sans
doute parce que j'ai de l'amitié pour
l'officier-adjoint du général Anders. Entre
la Pologne et la Russie, nous sommes
dans une relation presque aussi lointaine
qu'entre la Chine et la Corée... A l'entrée
en guerre (si l'on peut dire!) de l'Union
Soviétique, les prisonniers polonais des
Russes sont alignés militairement pour
écouter l'officier polonais qui va leur
dire qu'ils doivent entrer dans l'armée
de libération polonaise, aux côtés de
l'Armée Rouge : l'officier s'avance lentement, appuyé sur deux cannes parce
que le mois précédent, il a été torturé
par les Russes...

« Vous vous souvenez de Staline hilare

devant les photographes du pacte germano-soviétique? Évidemment, il en avait vu d'autres. Djilas, qui l'a rencontré peu de temps avant ou après vous, dit qu'il était pelé. Moi, j'avais rencontré, dix ans plus tôt, un robuste capitaine de gendarmerie, silencieusement intéressé par le monde, la terreur, sa pipe et sa moustache droite...

— Quand je l'ai rencontré, il était un vieux chat tout-puissant. Pelé? Ça pouvait aller avec Byzance. Un chat au coin d'un bûcher : ce chat était un fauve. Il ne se réclamait que de l'avenir, et ne m'a impressionné que par son enracinement dans le passé.

— Le passé est toujours là, en Russie! Dans le bureau de Lénine, près des cartes des fronts de la guerre civile, la pile des œuvres de Marx supporte un petit pithécanthrope darwinien de bronze, offert par un industriel des États-Unis qui voulait créer des usines de crayons, puisque le gouvernement soviétique avait décidé d'apprendre aux enfants à écrire. La culture, quoi! J'ai vu le drame tiré de *Dix jours qui ébranlèrent le monde*. Saisissant, mais mythe pur, bien plus que l'*Octobre* génial d'Eisenstein. Le lendemain, j'ai visité le musée Marx-Engels. Assez vide pour que je trouve dans la dernière salle quelques couples d'amoureux embrassés plus tranquillement que sur les bancs du square... En marge, bien entendu, la résurrection colossale de Leningrad, le cimetière aux cinq cent mille morts, le monument pompier mais épique de Stalingrad qui, lui, est vraiment un monument de Sparte...

— Et, au-delà du pittoresque?

— J'ai connu Staline chez Gorki : narquois et farfelu. La jovialité silencieuse. Puis, le vrai. Je crois qu'il était gouverné — aussi profondément que vous par la volonté de rassembler — par une passion statistique : Si nous tuons tous ceux qui ont connu ceux qui ont connu, etc., nous atteindrons les vrais coupables, ou nous les paralyserons. " Avec moi, il n'y aura jamais de Franco. " L'innocence des gens qu'il tuait ou envoyait au bagne ne l'intéressait pas. Souvenez-vous de sa réponse à Djilas, qui se plaint des viols de l'Armée Rouge en Yougoslavie : " Elle en a suffisamment subi pour qu'on ne lui demande pas de comptes! " Et surtout — ce qui, pour moi, le peint plus que le reste, et beaucoup mieux que les procès : tous les prisonniers russes envoyés au bagne, évadés compris.

— L'obsession statistique n'explique pas le despote. Il la rejoint.

— Vous vous souvenez du dialogue avec Boukharine, encore au pouvoir : " Pour régler la question des koulaks selon ta théorie, dit Boukharine, il faudrait d'abord en tuer huit millions. — Et alors? "

« Puis, il y a eu ma dernière conversation avec Kossiguine. On pouvait bien me dire qu'il était un politicien, il n'en était pas moins le seul survivant des trois directeurs du Plan — les deux autres, tués par Staline; il n'en avait pas moins été le maire de Leningrad pendant la bataille, et je me souvenais du plus grand cimetière civil du monde. Mais l'entretien était le même qu'avec Chou En-lai : le mélange, si singulier pour nous, de prises de puissantes positions historiques, et d'affirmations qui eussent été les mêmes s'il avait tenu son interlocuteur pour un demeuré. Il m'a parlé du coupable pouvoir personnel de Mao, et du progrès de l'humanité : " Les hommes ne peuvent être cousus dans un pantalon uniforme, sous peine de n'être plus que des soldats! Le temps des fanatiques est révolu. " Après quoi : " Il y a autant de différence entre le Parti que vous avez connu, et celui d'aujourd'hui, qu'entre la Moscou que vous avez connue, et celle d'aujourd'hui. " Tiens, tiens! Je pense d'ailleurs que c'est vrai. Mais non que le Parti a cessé d'être le Parti. Obsédé par Mao, par sa volonté de conquête de l'Asie. Mais aussi par :

" Sur quoi s'appuie-t-il? L'intelligentsia est contre lui. Il est la dictature, et aboutit au capitalisme. Lui mort, ce sera le vide. Tout ce qu'il fait est fondé sur la peur. — La peur est une grande puissance, Monsieur le Président. " Tout à coup, il passe au sérieux : il se peut que les Chinois finissent par intervenir au Viêt-nam... (Où l'Union Soviétique n'intervient pas, comme chacun sait!) " Ils sont pour la guerre, alors que nous sommes pour la paix. — A votre avis, Monsieur le Président, les États-Unis emploieront-ils la bombe atomique? — Non. — Les Chinois parlent constamment de la guerre, mais ils ne la font pas. Même au Viêt-nam. Je ne suis pas certain que les forces de paix puissent faire la paix, mais je suis certain que les forces de guerre, provisoirement, ne peuvent pas faire la guerre... "

« La neige tombait comme ici, mais à gros flocons, et devant cette fenêtre qui avait été celle de Staline, je pensais au discours que j'avais fait sur la permanence des nations : " Staline, regardant tomber par la fenêtre du Kremlin la neige qui ensevelit les Chevaliers teutoniques et la Grande Armée... "

« En le quittant, en 1934, je pensais, dans le petit square en bas du Kremlin, à cet immense pays misérable, menacé de si près par Hitler, et déjà enragé de rivaliser avec la colossale Amérique. Je regardais les tours médiévales au-dessus de moi, en pensant à la Garde impériale des gratteciel de Manhattan, et aussi aux steppes de Sibérie où brûlaient, comme un début d'incendie, les lumières des grands complexes industriels encore dans la solitude.

« Mais mon dernier souvenir russe ne concerne ni Staline ni ses successeurs. Un de mes amis, émigré en 1918, me demande d'aller voir sa mère à Moscou, et de l'aider. Ce que je fais. Quelques mois après mon retour, nous sommes au cinéma, et il me dit soudain : " Ma mère ressemble maintenant à cette vieille femme sur l'écran, n'est-ce pas ? "

La voiture aux pneus cloutés qui va nous reconduire à Bar vient d'entrer dans la cour. Le général nous accompagne, et ajoute, comme s'il ne voulait pas mettre fin à cette hospitalité modeste et souveraine sans retrouver l'essentiel :

— Souvenez-vous de ce que je vous ai dit : j'entends qu'il n'y ait rien de commun entre moi et ce qui se passe.

— Avant dix ans, il s'agira de vous transformer en personnage romanesque. Il rôdera encore, je ne sais où, un vague 18 Juin, une vague décolonisation.

— Une vague France?

— Une vague France. En face, les sages. Alors, chez les gaullistes encore vivants, il adviendra quelque chose d'imprévisible. Et chez les jeunes, oh! plus tard! quelque chose du même genre. Quand Joinville écrit sa *Vie de Saint Louis*, il est vieux. Allons! Jeanne d'Arc avait raison à Patay, autre 18 Juin, celui de 1429. Et alors? La réalité que vous avez empoignée ne sera pas votre héritière : les personnages capitaux de notre histoire sont dans tous les esprits, parce qu'ils ont été au service d'autre chose que la réalité.

Il répond, avec une lassitude qui semble ignorer la fatigue :

— En politique, il y a une stratégie, qui s'appelle sans doute l'histoire. Et une tactique; parler de celle-ci n'est pas plus sérieux que de parler d'escrime. Chacun connaît la phrase de Napoléon : " La guerre est un art simple, et tout d'exécution. " Il est sage de réfléchir avant d'agir, mais l'action ne naît pas directement de la réflexion. C'est autre chose. Je vous l'ai dit : un destin historique est inséparable de beaucoup d'erreurs. Je ne me suis pas trop trompé sur la France, ni sur ce qu'il fallait faire pour elle. Pourtant, j'ai cru que la Russie serait incapable de fabriquer la bombe; qu'en 1946, la guerre s'approchait inéluctablement; qu'en 1947, la France n'en pouvait plus. En 1960, Adenauer m'a dit que si les socialistes prenaient le pouvoir à Bonn, ils traiteraient avec Moscou. Nous nous trompions. Mais je ne me trompais pas sur le destin de la France. Je ne me trompais pas en affirmant que Pétain n'irait pas à Alger. Vous aviez raison de dire : quand on passe par Montoire, on finit par Sigmaringen. Il ne faut jamais passer par Montoire. Mais il advient que l'on pense, avec raison, que la France doit s'opposer à tout prix à la reconstitution d'un Reich, et que l'on aille porter une couronne au Soldat Inconnu allemand. C'est le temps, qui fait l'Histoire. Si le destin de la France passe par l'indépendance de l'Algérie, qu'il y passe; par notre mariage avec l'Allemagne, qu'il y passe! Regretter l'indépendance algérienne n'était pas gai. Mais le sérieux, c'était de savoir que nous avions la charge du destin de la France. Au contraire de ce que pensent les politiciens, les politiciens ne font rien : ils rassemblent des terres, en attendant de les perdre, et ils défendent des intérêts, en attendant de les trahir. Le destin s'accomplit par d'autres voies.

« Savez-vous ce qui pourrait bien être la réalité?

« Ces malheureux croient que je me suis trouvé en face de M. Mitterrand, de M.... comment, déjà? Poher. En fait, je me suis trouvé en face de ce dont vous parliez tout à l'heure. La France a été l'âme de la chrétienté; disons, aujourd'hui, de la civilisation européenne. J'ai tout fait pour la ressusciter. Le mois de Mai, les histoires de politiciens, ne parlons pas pour ne rien dire. J'ai tenté de dresser la France contre la fin d'un monde. Ai-je échoué? D'autres verront plus tard. Sans doute, assistons-nous à la fin de l'Europe. Pourquoi la démocratie parlementaire (la distribution des bureaux de tabac!) qui agonise partout, créerait-elle l'Europe? Bonne chance, à cette fédération sans fédérateur! Mais enfin, faut-il qu'ils soient bêtes! Pourquoi la vocation de la France

serait-elle celle de ses voisins? Et pourquoi un type de démocratie dont nous
avons failli mourir, et qui n'est pas même
capable d'assurer le développement de
la Belgique, serait-il sacré, quand il s'agit
de surmonter les obstacles énormes de
la création de l'Europe? Je n'ai jamais
cru bon de confier le destin d'un pays à
ce qui s'évanouit quand ce pays est menacé. Confions-lui l'Europe!...

« Ils sont obsédés par la démocratie
depuis qu'il n'y en a plus. L'antifascisme a
bon dos. Quelle démocratie? Staline, Go-
mulka, Tito, hier Peron? Mao? Les États-
Unis ont eu leur monarque : Roosevelt, et
le regrettent. Les illusions de Kennedy
sont condamnées. L'Europe, vous le savez
comme moi, sera un accord entre les
États, ou rien. Donc, rien. Nous sommes
les derniers Européens de l'Europe, qui
fut la chrétienté. Une Europe déchirée,
qui existait tout de même. L'Europe dont
les nations se haïssaient avait plus de
réalité que celle d'aujourd'hui. Oui, oui!

Il ne s'agit plus de savoir si la France fera l'Europe, il s'agit de comprendre qu'elle est menacée de mort par la mort de l'Europe.

« Après tout, qu'était l'Europe, au temps d'Alexandre? Les bois que vous avez vus, que je vois chaque jour... »

Ce matin, ils s'étendaient derrière lui à l'infini, et prenaient une insidieuse présence, lorsqu'il faisait d'eux un interlocuteur.

— Les étudiants enragés, péripéties! On a fait des confessionnaux pour repousser le diable, puis on a mis le diable dans les confessionnaux. La vraie démocratie est devant nous, non derrière : elle est à créer. Bien entendu, il y a une autre question, qui domine tout : dans la première civilisation sans foi, la nation peut gagner du temps, le communisme peut croire qu'il en gagne. Je veux bien qu'une civilisation soit sans foi, mais je voudrais savoir ce qu'elle met à la place, consciemment ou non. Bien sûr, rien n'est définitif.

Dans le domaine de l'esprit, que se passerait-il si la France redevenait la France? Je suis payé pour savoir que le rassemblement des Français est toujours à refaire. Tout de même, cette fois-ci, il se peut que l'enjeu la concerne à peine. Enfin! j'aurai fait ce que j'aurai pu. S'il faut regarder mourir l'Europe, regardons : ça n'arrive pas tous les matins.

— Alors, la civilisation atlantique arrivera...

— La France en a vu d'autres. Je vous ai dit autrefois : ça n'allait pas très bien le jour du traité de Brétigny, ni même le 18 Juin.

Nous arrivons à la porte. Le général nous tend la main et regarde les premières étoiles, dans un grand trou de ciel, à gauche des nuages :

— Elles me confirment l'insignifiance des choses.

L'auto démarre. Toujours la neige blanche sur les arbres noirs. Le maintien de la France contre tout, la Résistance misérable, toute cette aventure désespérée, illusions! La décolonisation, la fin du drame algérien, l'homme qui signifiait la France ravagée parlant d'égal à égal avec le président des États-Unis, illusions! Je me souviens d'un syndicaliste des émeutes de 1934; il portait un drapeau rouge et noir, et les responsables politiques, devant la police qui chargeait, criaient : « Roulez les drapeaux! — Oui, oui : ne nous pressons pas... »

Lumière de la neige, siècles de pénombre où se dressèrent les clochers mérovingiens; temps où les horloges veillaient sur la chrétienté, avec l'indifférence de leur aiguille unique et sereine... La petite pendule de Senghor sonne un coup dans le bureau climatisé de Dakar, et l'air chaud tremble derrière les fenêtres. Fait-il beau à Dakar? Les chefs des nouvelles nations africaines, qui ne pensent à l'Europe que pour l'aide qu'elle leur apporte, rêvent-ils à l'unité de l'Afrique?

Un grand Noir suit son âne dans une ruelle déserte. Qu'importent au général de Gaulle l'Afrique, Mao qui vient de reconquérir la Chine, les passions qui se sont abattues sur les nations comme de grands rapaces — qu'importent même les nations? Et qu'importent à Mao, qu'importent à la reine de la Casamance, l'éphémère tourbillon de cette si vieille neige, et ses compagnons éternels, les nuages au-dessus des clochers survivants et des cimetières disparus? Je pense aux sauvages de Bornéo, tous porteurs, dans leur brousse, de montres-bracelets arrêtées. Je pense aussi, sans doute parce que je crains obscurément d'avoir vu le général pour la dernière fois, à la maison de Nehru, — et à Bénarès.

Je suis la mort de tout, je suis la naissance de tout — La parole et la mémoire, la constance et la miséricorde — Et le silence des choses secrètes...

Le Gange emportait des reflets bleus et rouges dans la nuit,

Prononce maintenant les inutiles paroles de la sagesse...

Lumignons dans les impasses de Bénarès, et jadis, au fond des ruelles d'Ur ou de Babylone, avec des aboiements au fond de la nuit constellée. A Provins, en 1940, notre colonel attendait les ordres; comme il ne faut jamais laisser les soldats désœuvrés, les futurs combattants des blindés, au repos, avaient pour instruction de chercher des trèfles à quatre feuilles... Je pense à la réverbération de la lune qui emplit soudain notre char, pendant que nous foncions sur les lignes allemandes... Au soir de juin 1940, plein de roses dans la canonnade et le brouillard d'été, où les paysans brûlaient leurs meules avant la nuit. A l'aumônier mort aux Glières. Par une nuit de neige comme celle qui vient, nous avancions en file indienne. Il portait le fusil mitrailleur. Je ralentis pour l'attendre, et lui dis : « A quoi réfléchissez-vous? — A rien : j'essaie de voir le

Christ... » Lorsqu'il dut prononcer la première prière pour les morts du maquis, il dit seulement : « Mon Dieu qui m'écoutez, donnez-nous la générosité... » Soir, tombe doucement dans les tourbillons de neige! Voici la fin du temps de cet homme, et du mien. La fin du temps de la marche de Gandhi vers l'Océan pour y recueillir le sel, et de la marche de Mao vers le Tibet pour y recueillir la Chine. Hitler, dans le bunker de Berlin, entendant les premiers chars russes, Nehru se souvenant des brins d'herbe de sa prison et des écureuils roulés en boule. Troupes de Mao suspendues au pont devant les mitrailleuses. Viêt-minh vainqueur du napalm, seins ensanglantés des Indonésiennes devenues les blasons des partis tour à tour vainqueurs. Banales nuits d'Indochine, écroulement des dominos chinois, violons monocordes, discours des usuriers chettys avec leur bruit de grille raclée, disputes au fond des marécages criblés de lucioles. Villes des Indes abandonnées aux paons ou aux singes, bourgades devenues des capitales. Et le mystère du monde, comme les yeux phosphorescents du chat invisible dans la nuit de Dakar. L'armée allemande qui chantait sur nos routes, les villes allemandes où nous sommes entrés au début de 1945, entre toutes ces fenêtres où les draps de lit faisaient office de drapeaux blancs. L'auto s'éloigne, et je revois le général aux funérailles de Jean Moulin, menhir dans sa longue capote battue par le vent glacé.

" *Entre ici, Jean Moulin, avec ton terrible cortège...* "

Messages de Londres dans le maquis, parachutes multicolores éclairés par nos feux nocturnes; premiers policiers allemands quand nous avions dans notre poche notre premier revolver; expéditions dans l'aube à travers le meuglement des bestiaux réveillés; camarades évadés et camarades morts, chambrées de prisonniers de la Gestapo; camps d'extermination où erraient les ombres trébuchantes de notre misérable et poignante Iliade; foudre intruse dans le parc de l'Élysée; barricades d'Alger, dernière conférence de presse hérissée d'appareils de télévision, sur la minuscule scène du salon Murat où avaient lieu les ballets qui suivaient les dîners de réception des souverains...

Aux Invalides, à l'exposition de la Résistance, devant le poteau haché de nos fusillés, entouré de journaux clandestins, le général disait à l'organisateur : « Les journaux montrent trop ce que les résistants ont dit, trop peu comment ils se sont battus et comment ils sont morts. Il n'y avait plus personne, sauf eux, pour continuer la guerre commencée en 1914. Comme ceux de Bir Hakeim, ceux de la Résistance ont d'abord été des témoins. » Lui aussi. Seul à Colombey entre le souvenir et la mort, comme les grands maîtres des chevaliers de Palestine devant leur cercueil, il est encore le grand maître de l'Ordre de la France. Parce qu'il l'a assumée? Parce qu'il a, pendant tant d'années, dressé à bout de bras son cadavre, en faisant croire au monde qu'elle était vivante?

Des branches de noyers se tordent sur le ciel éteint. Je pense à mes noyers d'Alsace, leur grande circonférence de noix mortes au pied du tronc — de noix mortes destinées à devenir des graines : la vie sans hommes continue. Nous aurons tenté de faire ce que peut faire l'homme avec ses mains périssables, avec son esprit condamné, en face de la grande race des arbres, plus forte que les cimetières. Le général de Gaulle mourra-t-il ici? Nous repassons devant la guérite saugrenue qui abrite un C.R.S. à mitraillette, quittons le parc de la Boisserie funèbre. Maintenant, le dernier grand homme qu'ait hanté la France est seul avec elle : agonie, transfiguration ou chimère. La nuit tombe — la nuit qui ne connaît pas l'Histoire.

Œuvres d'André Malraux (suite)

LAZARE.

LA TÊTE D'OBSIDIENNE.

HÔTES DE PASSAGE.

L'HOMME PRÉCAIRE ET LA LITTÉRATURE.

GOYA : *Saturne – le Destin, l'art et Goya.*

VIE DE NAPOLÉON PAR LUI-MÊME.

LA REINE DE SABA.

Bibliothèque de la Pléiade

LE MIROIR DES LIMBES (Antimémoires. La Corde et les souris. Oraisons funèbres).

ŒUVRES COMPLÈTES. *Nouvelle édition en six volumes.*
    I. (1989.)
   II. (1996.)

Aux Éditions Grasset

LA TENTATION DE L'OCCIDENT.

LES CONQUÉRANTS.

LA VOIE ROYALE.

Reproduit et achevé d'imprimer
par l'Imprimerie Floch
à Mayenne, le 5 novembre 1996.
Dépôt légal : novembre 1996.
1ᵉʳ dépôt légal : février 1971.
Numéro d'imprimeur : 40471.

ISBN 2-07-027811-5 / Imprimé en France.